野性的呼喚

THE CALL OF THE WILD

JACK LONDON

傑克・倫敦 著
楊玉娘 譯

關於本書

《野性的呼喚》，又名《荒野的呼喚》（英語：The Call of the Wild）是作家傑克．倫敦於一九〇三年發表的著名小說。故事敘述一隻名叫巴克的狗歷經磨難，最終回到自然的野生環境的故事。

《野性的呼喚》爲一部動物冒險小說，是美國文學史上的經典作品，被譽爲「世界上讀得最多的美國小說」；也就是說《野性的呼喚》是在世界上最受歡迎的美國文學作品。小說中體現的主題——推崇戰勝敵人後而存活所需的力量與勇氣，一直是傑克．倫敦創作的核心思想。小說不僅十分暢銷，後來被多次改編成電影。

本書的主角是一隻叫巴克（Buck）的大型雜種狗。巴克原本生活於一個無憂無慮的法官家庭中，卻被好賭的園丁偷走賣掉了。幾經轉手，巴克被賣到了育康地區。在一位負責遞送公文的郵差手下當雪橇犬。而巴克也漸漸的適應了北極的寒冷，也在這裡學會了如何在弱肉強食的情況下生存。在狗群中，巴克露出了他的野心，在一次機會下打敗了原本雪橇隊中的首領，並讓自己登上了領導者的地位。

後來，巴克的隊伍在休息不足的情況下，狗兒們的身體越來越差，結果被郵局淘汰，廉價地被賣到了脾氣暴躁的新主人手中。在新主人的凌虐下，奄奄一息的巴克被好心的桑頓救了下來。巴克自此對桑頓忠心耿耿，並於急流中救了主人一命。在主人在淘金冒險途中被印地安人殺害後，巴克為了報仇而以鋒牙利爪殺掉了他們。而後，巴克加入了狼群中，帶著狼群覓食，成為了人們聞之喪膽的狗魔王……

關於 杰克・倫敦

傑克・倫敦最好的冒險故事，便是他自己的一生。

雖然他生於舊金山，卒於格倫艾藍附近（一八七六～一九一六），在身分認定上與加州緊密相依，短短的四十年人生中卻是足跡遍佈，漂泊過許多奇特而又有趣的地方。年輕時候，他曾當過獵海豹的船員，航行至日本和西伯利亞海岸。也曾徒步跋涉、搭乘改裝跑車橫越美國，穿越加拿大。他曾爲尋金在育康度過一個寒冬，住在倫敦的貧民窟裡觀察「深淵裡人」❶。在日俄戰爭中擔任通訊記者期間，他翻越不少高麗山陵，渡過鴨綠江進入滿洲，也曾在維拉克路斯（位於墨西哥東部）採訪美國佔領軍時染患痢疾病倒。他巡遊於哥倫比亞海，搭乘不定期貨輪繞行合恩角（位於南美洲智利極南端的一小島上），駕駛自己的蛇鯊號雙桅帆船橫渡南太平洋，直到所羅門群島。在他晚年，夏威夷是他的第二故鄉。

---

❶ people of the abyss：傑克・倫敦撰有論文「The People Of The Abyss」。

他所從事的形形色色工作爲其寫作提供更進一步的冒險活動和經驗。他的童年在加州好幾座大農場度過，少年時期於奧克蘭街頭推銷報紙，青年時代則是在舊金山灣的水域裏討生活。在他還是十二歲的小男孩時，人們常常看見他笑嘻嘻地咧開一臉極具感染力的笑容，帶著他的狗，駕著一艘鋪設半個甲板的小舟，邊看圖書館裡借來的書籍，邊等待小鱉魚吞餌。當時的他熱愛生活；還有在下灣挖蠔塘，在索菲・薩瑟蘭號上當水手出海時也是。但有些年頭日子並不好過。像是在罐頭工廠、黃麻纖維製造廠做苦工，在發電廠裡鏟煤、洗衣店的煮衣桶（消毒衣物用）旁汗流浹背的生活就不是那麼快活了。因流浪罪而在紐約郡的某座監獄裡監禁三十天使得他幡然醒悟，轉而朝向唸高中、大學的路打算，以便爬出人力勞工終其一生永無翻身之日的深坑。

在奧克蘭，他再度以其社會主義者身分被捕，不過這次他卻高高興興地把它當成對奧克蘭法規的預行考察。而後他一度參與地方上的教育委員會選舉，兩度參選市長。他開始在自己的函件上署名：「爲改革努力的傑克・倫敦」。最後他傾注心力、耗費巨資在月之谷建造一座豪華大牧場。就這樣，四十年的生命中，他始終爲許多事情奔波忙碌。然而，在人生的最後十七年間他仍推出了五十部著作。其中包括二十本小說，三部劇本，還有許多短篇小說選集，自傳性短文和隨筆文集。

在他所有冒險事跡中，對於寫作歷程最爲重要的莫過於那趟克朗岱克之旅。正如一般民間英雄常受到的待遇，傑克・倫敦這段重要經歷裡的許多實況也被虛構的故事所遮掩。人們最常言傳的就像：倫敦參與早期的淘金熱，在通過齊爾庫特隘口的旅程中成爲一名創紀錄者，背負一噸重的裝備，以破紀錄的時間渡過淡水河流。由於造船經驗豐富，他建造了一艘在湖面上行駛如飄風、在河流中疾射似飛箭的小舟。在自己勇闖白馬湍流後，基於別人還在曠日費時地採用陸路換水路、水路換陸路方式趕路，所以他在當地逗留好一段時間，以每艘小船二十五美元的代價，替人將船開過這一段險路。他無懼於育康流域的早期冰封，率領一支由狼和雜種狗混合組成的隊伍開路前進，完成進入道森的最後一段旅程。在這冰天雪地國度的首要城市裡，所有來人都在蒙第卡羅飲酒、賭博的同時，他卻始終能夠自持，利用空暇時間，在距離城鎮遙遠的一座小屋裡撰寫《野性的呼喚》。春日冰雪融化後，他實現了自己最出色的構想，順育康河而下一千五百哩來到白令海峽，搭乘一艘以燃燒煤炭爲動力的船隻返抵奧克蘭，發現自己已然聲名大噪。

另外一則明顯是中傷的傳言卻和那個描述正好相反。在這個故事中，由於傑克・倫敦是晚期才出發趕赴淘金熱的人，不得不在距離自己目標尚有八十哩的斯圖亞特河流域過冬。他嘗試探勘，卻誤把黃鐵當金沙（譯按：黃鐵礦亦稱「傻子的黃金」）。現實的限制打垮了他。他不是極力主張社會主義，就是和同伴們吵架。這些同伴都很慶幸能在春季融冰之後擺脫掉他。在他抵達道森之後，成天流連於酒店和賭坊，是瘋狂淘金裡一個典型的一事無成者。最後，當一個朋友把自己的小屋借給他時，傑克．倫敦離去之前沒有再補足柴火，違反了探礦者最重要的法則，因而引起眾怒，被市民們逐離該地，放在一艘小船裡任其順育康河漂流而下。

而實際情形……卻夾在這兩種南轅北轍的虛構故事之間，相較於這些奇談雖然不那麼曲折離奇，卻是有意思多了。

二十一歲的傑克．倫敦以一名參與者的角色，隨著那波吸引來自世界各地的人參加的活動前往克朗岱克。那是當代最爲莫名其妙的探險活動之一。正如他所描述的：「人們背著沈重的行囊，投入深及腰部的險惡沼澤地。以落木爲橋，行走過山間的急流上，逆著冰雪覆蓋的陡峭山坡辛苦跋涉之後，他們來到湖濱，進入樹林，親手把松樹鋸成木料，建造爲小船。他們搭乘這些負載過重、不堪航海的小舟，對抗一長串的湖泊。……遇到急流處，有的撞船，有的倖免，千辛萬苦、歷盡艱難，才能乘著嘎軋作響的冰洪抵達克朗岱克。」

他大可以補充說明這些人把將要吃、穿、使用的一切物品都打包在行囊裡；說他們在根本無法遮風擋雪的掩蔽處面對一季北極的嚴冬；他們打算在終年封凍的土地上探礦；他們甚至在還未到達以前，就感受到那些當地探礦者設下的名目繁多的需索。然而他們還是去了；成千上萬地趕去。彷彿他們這麼吃苦受罪地跑去又回來，就只爲了脫離一下自己的常軌。

人們蜂湧來到遙遠的邊陲，挾帶破竹之勢奔向荒野，這個現象多少可以解釋成是爲了逃避擁擠的世界。時局艱難也助長了這情勢。傑克・倫敦出生時的工業機械化背景，到了一八九三年的經濟蕭條時期幾乎已成停滯狀態。十幾歲的他尋求補救之道：他隨科克西軍❷的一支分隊陸步前往華盛頓；緊接著，他邊做夜工糊口，邊試著以幾個月的時間學習幾年的學業，完成高中和大學的教育；之後，他轉往寫作方面發展，就像他筆下的人物馬丁・伊登（Martin Eden：同名小說之主角）那樣向四面八方投稿，然後收回一人堆退稿通知。於是依舊未能受完教育，也沒有出版任何著作的他，便求之不得地接受前往克朗岱克的機會。

❷一八八四年，一群失業人士由 Jacob Sechler Coxey 率領前往華盛頓，促請立法免息提供公共改善經費，以利失業人民獲得工作。

一八九七年七月二十五日，也就是克朗岱克採得豐富脈礦的消息傳抵舊金山的第十一天後，傑克．倫敦獲得一筆輔助性資金（按：以分享利潤為條件，預先提供給探礦者的款項），購置一噸的裝備和糧食，取道維多利亞（按：溫哥華首府）與內海航道❸前往阿拉斯加的史卡威。兩週之後，他在達亞附近登岸，急急翻越險峻的海岸懸崖進入加拿大境內。兩個月以後，他已經由步行與航行遠離沿海低窪地帶六百哩，來到採金區。就像多數的克朗岱克人一樣，他沒遇上多大困難便駕船通過白馬湍流，稍事逗留，幫忙一位朋友的船通過後，隔天早上就來到拉伯吉湖，也就是十年之後羅伯特．威廉．塞維斯❹火葬山姆．麥克吉之處。當倫敦在塞爾庫克（位於英屬哥倫比亞東南，洛磯山支脈）市集登記後，他發現在他前頭已經有超過四千名淘金客到來。而他和他的同伴們也已在冰雪封凍之前一個月，趕到育康與斯圖亞特兩大河的匯流處。他們在分隔島（Split-up Island）上發現幾間空屋，又曉得道森城人多擁擠，正在面臨飢荒，並且相信下次的大發現極有可能就在斯圖亞特，因此決定留在此處度過嚴冬。

---

❸ 阿拉斯加與英屬哥倫比亞之間的保護航道。

❹ 生於英國之加拿大小說家及民謠作家。

接下來那一陣子，倫敦和他的友人們在韓德生懸崖附近以木樁標界出申請佔有的使用中土地，並駕舟行至道森登錄。（在他離棄此地之後佔有人已易手，而這塊曾使他遭人取笑爲探勘「傻子的黃金」處，後來確曾成功挖出金礦。）聖誕節前倫敦在道森度過兩個月時間，暮春時節也在那兒逗留一個月。而在這兩次之間，他一直留在分隔島上，做些像是製作酵頭麵包、鑿冰取水之類的瑣事。在光線昏黃的油紙窗和燻肉油脂燈下閱讀種族的起源，聆聽黎明的北風辟辟啪啪的吹打和野狼的嗥聲。他慷慨地拿出自己唯一的一瓶威士忌酒當痲醉劑使用，幫忙扶持那名被截去一條生了壞疽的腿的傷者。

據我們所知，那年冬天他並未寫下隻字片語，但接近春季時卻已準備放棄探險，返鄉寫作。如同其他許多人一樣，由於長期只吃少許豆類、燻肉和麵包，傑克・倫敦飽嚐壞血病之苦。他對於自己那片佔有地的開採價值不敢寄予厚望。幾乎人人都已放棄淘金夢了。他對道森的忍耐——「陰慘、荒涼的道森；建在沼地裡，大水一漫就淹到二樓。」——只到河冰融化爲止。河水一解凍，他立即和兩名同伴駕駛一艘——一艘粗製、脆弱，還會滲水的小船——漂流向海洋。

回到奧克蘭後，傑克・倫敦一古腦兒投入將經驗賦予具有創意的想像力工作裡。他效仿哈特❺和吉卜林❻，以吃盡苦頭的淘金客頻頻對抗冷漠的大自然、別的淘金客、或者印地安人及狗爲素材，發展出不少冒險故事來。

一九〇〇年，他的短篇小說選集《狼子》出版，使他成爲一名備受討論的文壇新人。接著他又快速連續發表兩冊有關育康生活的短篇小說集，一本少年讀物，一部以克朗岱克爲背景的長篇小說。緊接著，傑克・倫敦在一九〇三年以《野性的呼喚》獲得驚人的成功。這時候他正要著手描寫年輕人的雄心和勞工階層的掙扎、瘟疫帶來的毀滅和法西斯主義者的征服、所羅門群島的生活與貧民窟的死亡——不過他很樂於回歸到以育康做爲自己偏愛的小說場景。總計，他出了十二部討論遙遠的北方的作品，其中包括許多他最精采的短篇小說，以及五部長篇小說。而這類作品當中，又以《野性的呼喚》、《白牙》和《燃燒的白晝》流傳最廣。

——法蘭克林・渥克（摘譯）

---

❺ 哈特（Francis）Brett Harte（1836-1902），美國作家。

❻ 吉卜林Rudyard Kippling（1865-1936），一九〇七年諾貝爾文學獎得主，英國作家。

目錄

第一部

野性的呼喚

第一章・進入蠻荒

古老的流浪奔騰之渴望
摩擦著習性的鎖鏈；
再次從它的冬眠中
喚醒了不馴的野性。

巴克不看報，否則牠就會知道大禍正要臨頭——不僅對牠，而是遍及於由普吉灣到聖地牙哥❶這一大片濱海低地，每一條筋肉結實、毛長耐寒的狗身上。原因是跑到未開發的北極寒荒去探險的人們發現了金礦，加上輪船業者與運輸公司大肆鼓吹宣傳，促使成千上萬的人潮爭先湧向北地。這些人需要狗；需要筋骨強壯足以吃苦耐勞、毛皮厚密可以抵禦霜雪的粗壯大狗。

❶ 普吉灣：位於美國華盛頓州西北部，瀕太平洋。聖地牙哥：美國加州南方之一港埠。

巴克生活在驕陽遍地的聖塔克萊拉谷❷中一幢大宅裡，人稱此處爲米勒法官邸。它位於馬路後方，在樹林之間若隱若現。透過樹木縫隙，可以看到圍繞在它四周陰涼寬闊的走廊。高大的白楊錯落的枝條下，幾條礫石車道蜿蜒曲折地穿過廣佈的草坪通抵屋前。屋後的事事物物規模甚至比前頭更龐大。十餘名馬夫、僕役常在幾座大馬廐邊高談闊論。藤蔓覆頂的傭人房舍一排又一排，外帶井然綿延不盡的附屬小屋，以及長長的葡萄藤架和翠綠的牧野，還有果園和漿果田。深水井邊設有抽水機，另外尙有一座大水泥泳池，是米勒法官的孩子們晨間游泳，和炎炎午後泡水沖涼的好地方。

這一大片領域全在巴克的統轄範圍內。牠生於斯，長於斯，已經四歲大。誠然，這裡還有別的狗。這麼遼闊的一片土地當然不可能只有一條狗，只是其它那些都不算數。牠們性情不定。有的鎮日逗留在稠密的狗舍裡，有的學起日本種哈巴狗嘟嘟或墨西哥無毛犬伊莎貝兒的調調兒——牠們是兩隻難得把鼻尖伸到門外、四肢踏在地上的怪東西——窩在家裡隱僻的角落裡。相對的，這裡還有至少二十隻以上的小獵狐狗。每當嘟嘟和伊莎貝兒在大批女傭手持掃帚、拖把當武器的

---

❷聖塔克萊拉（Santa lara）：加州西部的一座城市。

護衛下，從窗口對她們張望時，那些獵狐犬便發出嚇人的狂吠警告這兩隻小東西。

但巴克既非膩在家裡，也不是窩在狗舍中的狗。這一大片領域都是牠的王土。牠隨法官的兒子們出獵；跳入游泳池中戲水。牠伴護法官的女兒茉莉和艾莉絲在早晨或傍晚漫長地閒步；料峭冬夜裡，熊熊的書房壁爐火焰前，牠趴在法官的腳跟邊，牠馱負法官的孫子女，推著他們在草地上打滾，或在他們貿貿然跑到馬廄外的噴水池邊、甚至更遠的圍場和漿果田時，追隨在一旁保衛。在獵狐犬間，牠傲然昂首闊步而行，對於嘟嘟和伊莎貝兒更是不屑一顧。因為牠是王者——高高凌駕於法官邸中所有飛的、走的、爬的，包括人類之上的王者。

過去牠那體型碩大的聖伯納種父親艾爾摩曾是法官不可分離的夥伴，如今巴克也大有克紹箕裘之望。牠長得不若父親高大——由於母親雪珀是條蘇格蘭牧羊犬，巴克體重只有一百四十磅。然而這樣的體重再加上因生活優渥而普受崇敬而帶來的威嚴，仍使牠顧盼之間流露王者之風。自幼犬時期到現在，牠始終過著飽足舒適的貴族生活。牠洋洋自得，甚至像某些因少見世面而夜郎自大的鄉紳一般，有那麼點兒狂妄自負。幸而牠並未放縱自己變成一條嬌生慣養的家居狗。追逐獵物與類似的戶外娛樂抑制了贅肉的生長，促使牠全身結實強壯。此外，跟其他浸泡冷水的動物一樣，對水的喜好也是巴克的一帖保健良方。

在克朗岱克❸淘金熱引來世界各地的人投入冰天雪地的北國之際，這正是巴克的狀況。時間是：一八九七年的秋天。只是巴克不看報，也不曉得那個叫曼紐的園丁助手居心不良。曼紐有個積習難改的惡癖——他嗜賭如命。更要命的是：這人賭博時還有個大毛病——迷信成套的打法，以致永遠翻不了身。因爲賭博到成套賭金很驚人，而園丁助手的薪水卻僅勉勉強強能應付一家大小的溫飽而已。

在曼紐背主求財那個令人難忘的夜晚，法官參加一項葡萄乾農夫協會的會議去了，孩子們也在忙著籌組一個體育俱樂部，沒人看見他和巴克穿越果園而去，至於巴克本身更只以爲是要出去蹓蹓腿而已。當他們到達那個叫做書院公園的信號停車站時，也只有一個——只是一個男人看到他們。這人和曼紐交談，兩人之間錢幣聲音響叮噹。

「你要先把貨捆好、綁好，才能交給我啊。」那名陌生男子粗暴地說。於是，曼紐又用一條結實的繩索在巴克項圈底下多綁了一圈。

---

❸指加拿大北部向西延伸之一大片人　稀少、樹木不生的平原，位置在由哈得遜灣到大奴湖與大熊湖之間。

「揪住牠，你就算要牠不能喘氣也行。」曼紐說完，陌生人馬上冷哼一聲以示同意。

巴克帶著鎮靜的威嚴接受了那段繩索。當然，曼紐的行動絕對罕見；但牠早已學會信賴自己認識的人，和他們高超的智慧。不過等繩頭一交到陌生人手上，牠立刻發出威脅的咆哮聲。牠的咆哮只是用以宣告自己的不悅。在牠高傲的信念中，那就等於下命令。讓牠驚訝的是纏繞在脖子上的繩索竟然縮緊了，勒得牠不能呼吸。牠氣急敗壞地向那人撲去，卻在半途被對方抓著喉頭拖向身前，然後靈巧地一摜，將牠摔了個四腳朝天。在巴克暴烈的掙扎中，繩索無情地催緊。牠的舌頭垂在嘴巴外，碩大的胸膛徒勞無功地喘息著。有生以來牠從未遭受如此輕賤的對待，也從沒這麼氣憤過。可是牠的力氣消褪了；兩眼昏花了。當火車在揮舞的旗號中停下，兩名男孩將牠丟進行李車內時，牠已完全失去知覺。

等牠再度恢復意識後，巴克隱約感到自己的舌頭陣陣刺痛，身體在某種運輸工具中顛簸搖晃。通過平交道時火車發出的粗嘎尖叫，告訴牠自己身在何方。牠常常三天兩頭地跟法官出門去旅行，對於搭乘行李車早就習以為常了。牠睜開雙眼，眼中恣意流露遭綁架國王的怒氣。那人欺身而上要抓牠的喉嚨，但巴克的反應比他快多了。牠死命咬住他的手，直到又被勒得窒息才不得不鬆口。

扭打的聲音引來行李管理員，那人把手藏在後頭，對他說：「唉，這狗發病了。我正要替老板把牠帶到舊金山，那裡有個出色的獸醫應該可以治好牠的病。」

到了位於舊金山海濱的一家酒店棚屋後頭，那人又針對這趟夜車旅程，替自己滔滔雄辯。

「這一趟下來，也才不過拿到五十塊錢，」他嘀咕著：「以後就算出一千塊現金，我也絕對不幹了。」

他手上包著被血染紅了的手帕，右腳褲管從膝頭到腳踝處都被扯破了。

「另外那傢伙拿到多少？」酒店店主問。

「一百：青天為證，一個蹦子兒都不少。」那傢伙回答。

「加起來是一百五十元；」酒店老板估算了一下：「牠絕對值得；否則我就是個大笨蛋。」

那個綁匪解開血跡斑斑的包手巾，看著自己受傷的手：「就算不因此而得到了狂犬——」

「那也是因為你注定該死的命啊！」店主哈哈大笑，又補上一句：「喂，在你把自己的份兒弄好之前，先助我一臂之力吧！」

頭昏眼花，喉嚨、舌頭劇痛難當，被勒得一條命只剩半條的巴克企圖對抗兩名施虐者，卻被他們一再掀翻、勒緊，直到他倆終於成功地銼開牠頸部沈甸甸的銅項圈，然後解開繩索，將牠丟進一個像籠子一樣的板條箱子裡。

牠躺在板條箱內調息自己的暴怒和受創的自尊，度過疲乏的殘夜。牠不曉得那究竟是怎麼一回事。這些陌生人要牠幹什麼？為什麼把牠禁閉在這又窄又小的板條箱子裡？牠不明所以，卻隱隱約約感到一股大難將屆的壓迫感。半夜裡，幾度棚屋門一嘩啦啦地打開，牠便一躍而起，希望見到法官，或者至少見到那些孩子們。但每次都只見酒店主人那張臃腫的臉，在藉著暈弱的油脂蠟燭光打量牠。每次在巴克喉頭顫動的喜悅吠叫，都在喉間扭轉為兇蠻的咆哮。

酒店主人任由牠去叫。到了天亮，四名男子進來抬起板條箱。看他們相貌兇惡、蓬頭亂髮、衣衫襤褸，巴克斷定這四個人也是迫害者，於是隔著板條對牠們怒目相向、猛吠猛叫。而這些人卻只是放聲大笑，拿著棍棒戳牠。巴克立即張口就咬，直到終於醒悟那正中他們的下懷，這才悻悻然地趴下來，任由他們將板條箱抬上一部貨馬車。於是，被囚禁在箱子裡的牠，開始了一段幾經轉手的旅程，途中由捷運貨物公司的職員負責照料。牠被轉到另一部貨馬車；後來又與許多各式各樣的箱子、包裹一塊兒由大卡車載上渡輪；下了船後大卡車把牠載到一座大火車站，最後終於被安置在一列特快車裡。

嗚嗚尖叫的火車頭拖著特快車跑了兩天兩夜；兩天兩夜裡巴克粒米未進、滴水未沾。盛怒的巴克對率先走近前來的幾個隨車人員狺狺而吠，他們則以調侃奚落爲回敬。等牠全身顫動、口噴飛沫地朝板條撞去，他們又大聲取笑牠。他們像惹人厭的狗一樣狂吠、高嗥，學小貓咪嗚、咪嗚叫，又鼓動手臂、模仿公雞「喔！喔！」啼。牠知道那些舉動實在蠢極了；也正因如此，更嚴重傷及牠的尊嚴，讓牠的怒氣一發不可收拾。巴克不怎麼在乎挨餓，但缺乏水分卻教牠苦不堪言，助長一腔怒氣如火燎原。神經緊繃、生性又敏感的巴克被凌虐得怒火中燒，喉嚨、舌頭的乾渴和腫脹令牠發狂。

牠很慶幸一件事：脖子上的繩索不在了。那段繩索曾讓他們佔盡不公平的優勢；但現在它已被除去，牠要叫這些人瞧瞧自己的厲害。牠下定決心，絕不讓人把繩子套在自己的脖子上。牠兩晝兩夜沒吃沒喝，兩天兩夜累積下來的怒氣，預告著不管是誰第一個和牠正面碰上定要倒大楣。兩眼充滿血絲的巴克，已然化身爲狂怒的大魔頭。改變之大，就連法官本人也不可能認得出牠；因此當特快車上的隨車人員在西雅圖❹卸下牠後，個個大鬆了一口氣。

---

❹ Seattle：美國華盛頓州中西部之港埠。

四名男子戰戰兢兢地將板條箱由貨馬車搬到　座圍牆高築的小後院。一名身著鬆垮垮紅色運動衫的男子走出來，在司機的送貨簿上簽好字。巴克預測這必定是下一個迫害者，於是凶猛地朝板條撲去。那人露出猙獰的笑容，拿出一把手斧和一支棍棒。

「你該不是這就要放牠出來了吧？」馬車夫問。

「當然。」那人說著，掄起斧頭猛力對準板條箱劈下。

抬下箱子那四名男子立做鳥獸散，爬上牆頭安全的據點準備看好戲。

巴克撲向斷裂的木條死死咬住，又跳又扭地與它角力。無論斧頭從箱子外的哪個角落砍下，牠必定在裡面的相對位置咆哮、低吼。板條箱外的紅衣男子專注而從容地進行放牠出籠的工作，而箱內的牠更心急如焚地想要往外衝。

「行啦，你這紅眼惡魔。」那男了將箱子劈開到足夠巴克出入的洞口後說，同時扔掉手斧，把棍棒移到右手。

巴克蓄足力氣準備撲躍。毛髮倒豎、充血的眼睛閃著瘋狂的光芒，不愧是隻道地的紅眼魔。牠挾帶全身一四〇磅的體重，外加兩天兩夜鬱積的怒氣，筆直朝那人撲去。牠騰身半空，剛要狠狠咬住那人，卻突然遭到一記撞擊阻擋飛撲之勢，兩排牙齒也「咔！」地一挫，疼痛至極。牠疾速轉身，側摔落地。由於平生從未遭棍棒打過，根本不知道是怎麼一回事，於是又帶著一聲半似高吠、更像尖叫的嗥嘯再度站起，凌空飛撲。這次牠再度遭到撞擊，摔得全身骨頭都快散了，好不容易才終於領悟原來是被棍棒痛打，卻又早已氣得怒火攻心，顧不得小心提防。牠連續發動十餘次攻擊，但多半都被那支棍棒狠狠打斷攻勢，擊落在地。

在一記特別猛烈的揮打後，牠慢吞吞地站起來。頭昏眼花，根本沒有辦法再襲擊。只能一跛一跛地蹣跚晃蕩，鼻孔、耳朵、嘴裡鮮血直冒，漂亮的毛皮上灑著斑斑的血污。這時那人走上前來，刻意在牠鼻頭敲下可怕的一棍，先前受過的所有痛楚和這陣錐心刺骨的痛一比簡直就不算一回事。牠發出一聲暴吼，吼聲幾乎可以與狂怒的獅子相比，再次撲向那個人。而對方卻將棍棒由右手移到左手，魯莽地抓住牠的下顎，同時用力往後、往下扳。巴克的身體整整在空中翻轉一個半圈子，頭、胸著地，重重摔下來。

牠發動最後一撲。那人也揮下故意保留許久的凌厲一擊，巴克全身縮成一團往下掉，意識不清地撞在地面上。

「喂，不錯，他眞是個馴狗高手。」牆頭上的一名男子熱烈地叫嚷。

「杜魯瑟天天馴狗仔，禮拜天份量還加倍。」車夫說著爬上馬車，吆喝馬匹開步。

巴克恢復清醒，力氣卻沒跟著回到身上，躺在摔落之處瞅著那紅衫男子。

「『叫巴克牠就會有反應。』」他喃喃引述酒店老板寄交板條箱與狗的信函，然後用溫和的語氣說：「喂，巴克，我的小兄弟，咱們剛剛有點爭吵，現在最好呢——就這樣算了。你已經明瞭自己的身份，我也清楚我的。當條乖狗，咱們會順利圓滿、大有指望。要是你選擇當條壞狗，我就揍扁你。明白嗎？」

那人邊說，邊毫不畏懼地輕拍剛剛才被他狠狠毒打過的腦袋。雖然巴克的毛一與他的手接觸便不由自主地豎起來，卻不加反抗地忍受下來。那人拿水給牠，牠馬上埋頭痛飲，然後又從那人手上一塊接一塊地吞下好多生肉。

牠是被打敗了（巴克心知肚明）；但並未被馴服。牠立即認清，在一個手持棍棒的男子面前自己毫無機會。牠已經學得教訓，此後一生一世都不會忘懷。那支棍棒是個啟示，是牠接觸原始世界法律領域的媒介。在它面前，牠妥協了。生活的實況呈現出更兇惡的面貌；當牠不受威脅地面對那一面時，牠運用被喚醒的潛在狡猾天性去對付它。

日子一天天過去，陸續有其它綁在繩端、關在板條箱裡的狗送過來。有的溫溫順順，有的就像牠剛來時那樣兇暴、咆哮。而牠，看著牠們一隻一隻被交到紅衣男子手中，任由他操縱。一遍又一遍，當牠目睹野蠻的馴服過程重演，那個教訓便深植心中：手持棍棒的人就是立法者，是個雖然不用對他曲意討好，卻得乖乖服從的主人。固然牠看到那些被打敗的狗搖著尾巴、舔著那人的手諂媚巴結，也看過一條既不搖尾巴乞憐又不服從的狗，最後終於在掙扎求勝中被活活打死，但牠從未因不肯奉承討好而受過責罰。

不時有陌生人跑到這裡，帶著種種姿態，情緒亢奮、甜言蜜語地與紅衣男子交談。雙方金錢往來，然後陌生人就帶著一條、或者一條以上的狗離開。巴克納悶牠們究竟上哪兒去啦？因爲牠們全都一去不返。不過，牠對未來懷著強烈的恐懼，每次沒被挑中都感到很高興。

然而，終於還是輪到牠了。一個身材瘦小、長得乾乾癟癟的男子，嘴裡喋喋不休地說著他的破英語，又嚷嚷一大堆巴克聽不懂的粗魯、奇怪語詞。

「噢，我的媽呀！」他一看到巴克眼睛都亮了，大叫：「好雄壯的一條狗哇！呃？多少？」

「三百塊；簡直跟白白贈送一樣。」紅衣男子連忙回答。「況且又是政府出的錢，沒有人會抱怨你什麼的。對吧？裴洛？」

裴洛咧嘴笑笑。仔細盤算了一下，由於異乎尋常的需求，狗價早已飆到半天高了，而對這麼完美的一隻牲口來說，三百塊算是很公道了。加拿大政府既不願多花錢，也不願郵件快遞行程慢下來。裴洛懂狗。他一看到巴克就知道牠是千裡挑一；不，「是萬裡挑一的好狗。」他在心中暗自品評著。

巴克看到兩人間金錢往來，因此當那瘦小男子帶走牠和可麗（一條性情溫馴的紐芬蘭犬）時，並不覺得意外。這是牠最後一次看到那紅衣男子。而當牠和可麗一塊兒在獨角鯨號的甲板上望著漸漸退卻的西雅圖時，那也是牠最後一次看到溫暖的南方。裴洛把牠和可麗帶到下面，交給一名叫做法蘭休斯的黑臉大漢。裴洛是個皮膚黝黑的法裔加拿大人，而法蘭休斯則是法裔加拿大與北美印地安人的混血兒，皮膚卻加倍黝黑。對巴克而言，他們是一種新奇的人（命中注定，他還會見到更多同一類型者）。雖然未對他們發生情感，卻不減牠對他們由衷滋生的尊敬。牠很快便瞭解到裴洛和法蘭休斯爲人都很公正，能夠鎮定而毫無偏見地執行正義，對於狗的一切又摸得太熟了，不會被牠們所愚弄。

牠和可麗在船艙與另外兩條狗會合。其中一條是來自史匹茲伯根的雪白大狗，早初曾被一名捕鯨船船長帶出海，後來又隨一支地質調查隊進入過荒地。每當心裡在盤算什麼陰謀詭計時，牠外表必定一團和氣，對人露出滿臉奸笑。比方說，在牠偷走巴克第一餐的食物時。巴克剛要撲過去懲罰牠，法蘭休斯的長鞭已經「咻！」地劃過空中，率先抽中那名罪犯了；而除了得回骨頭，巴克已經什麼都沒得吃了。牠認定，那便是法蘭休斯的公正處，於是這名混血兒在巴克心目中的評價上升了。

另外，那條狗既不做任何友好表示，也不接受示好；此外，牠也沒有竊取新加入者食物的企圖。牠是隻乖僻陰沈的狗。在可麗面前明白表現出不願遭受干擾的態度；甚至更進一步，要是有誰打擾牠的清靜，那麼麻煩可就大了。

牠叫達夫。每天除了吃和睡，就是偶而打打呵欠，對什麼都提不起興趣，甚至連獨角鯨號在通過莎羅特皇后峽灣時，像著了魔一樣翻騰晃盪、一會兒高一會兒低地拋拋跌跌時，牠也無動於衷。巴克和可麗都激動不安，因恐懼而陷入半瘋狂狀態。而牠卻彷彿不堪其擾般揚起了頭，懶洋洋地瞥了牠們一眼，打打呵欠，繼續埋頭大睡。

船在推進器持續不斷的震動中日以繼夜地前航，雖然每一天感覺都和前一天很像，但巴克明顯意識到天候正穩定地日漸轉冷。終於，有天早上推進器靜止了，獨角鯨號瀰漫著一片興奮的氣氛。牠和其他三條狗都感覺得到，也清楚知道跟前即將產生某種變化。

法蘭休斯牽著牠們走到甲板上。第一步踏上冰冷的地表，巴克的腳就陷入某種爛泥一樣軟綿綿的白色東西裡，趕緊悶哼一聲往回跳。天上落下更多這種白東西。牠抖動全身，然而那種東西還是繼續飄到牠身上。牠好奇地嗅了嗅，然後用舌頭舔起一點兒。剛開始它像火一般刺痛牠的舌尖，可是馬上又化了。牠迷惘極了，忙舔起一點兒，結果還是一樣。一旁觀看的人無不哄然大笑，牠自己也沒來由地害臊起來，因爲那是牠生平第一次接觸到冰雪。

第二章・棍棒與長牙的法律

巴克在達亞海灘的第一天就像是場夢魘，時時刻刻都充滿震驚和訝異。牠猝不及防地被文明的心臟地帶拋進原始的中心。這不是成天只顧游手好閒、曬太陽，除了到處遊蕩、百無聊賴之外無事可做的生活。

這裡既無和平，也無安寧，更無片刻的平安。四處是混亂和戰鬥。生命和肢體，分分秒秒都在危險中。時時刻刻提高警覺是不可或缺的存身之道。因爲這些人、犬不是都市裡的人和狗。牠們全都野蠻殘暴，除了棍棒和長牙下的律法，不知法律爲何物。

巴克從未見過狗像這些狼一般的動物那樣打鬥法，牠的第一次經驗教給牠一個永生難忘的教訓。其實這次經驗裡的主角並非牠自己，否則牠就無法活下來因它而受益了。受難的是可麗。那天他們在木材行附近紮營，可麗和和氣氣地跑過去向一條哈士奇犬❶示好。那條狗體型和一匹長成的狼差不多，還不到可麗的一半大。牠毫無預警地像道閃電般躍起，一口利牙如鋼鐵般脆生生的咬下，隨即迅如閃電般躍開，可麗的臉已被從眼睛到下巴撕裂大片傷口。

發動攻擊後立即跳開，那是狼的作戰方式。但還不止如此。三、四十隻哈士奇犬很快地跑上前來，安安靜靜、虎視眈眈地圍在兩隻戰鬥者四周。巴克不明瞭那股沈默的涵義，也不明白牠們為何一隻隻貪婪地舔著口水。可麗朝牠的對手衝去，對方再度攻擊然後跳到一旁。下一次可麗再度往前衝時，牠又以一種怪異的姿式用前胸去抵擋，把可麗撞得四腳朝天，再也站不起來。這便是那群隔山觀虎鬥的哈士奇犬一心期待的。牠們立即豎著長毛，又吼又叫地一湧而上，將哀哀尖叫的可麗嚴嚴密密地圍得完全看不見。

這一切發生得是那麼突然，又那麼出乎意料之外，巴克嚇呆啦。牠看見史匹茲垂著牠腥紅的舌頭露出牠的奸笑，看見法蘭休斯揮舞著斧頭衝進狗群裡，另外還有三名男子也操著棍棒協助驅散那些狗。沒有多久工夫，在可麗倒地兩分鐘後，所有的攻擊者都被打跑了。但牠卻了無生氣、

---

❶ husky：屬愛斯基摩犬。

軟趴趴地倒在血流遍地，被踩得一片凌亂的雪面，全身上下幾乎被撕碎了。那膚色黝黑的混血兒站在牠的屍體旁，嘴裡恨聲不絕地咒罵。這幕景象常在巴克睡眠中回來困擾牠。事情就是這樣。沒有什麼所謂的公平遊戲。一旦你倒下去，那就完啦。所以牠一定要留心不能倒下。史匹茲再度垂下舌頭奸詐地笑著。從那一刻起，巴克懷著至死不絕而怨毒的恨意憎惡牠。

牠還未從可麗悲劇式的震驚中恢復過來，馬上又受到另一次震驚。法蘭休斯在牠身上緊繫一組皮帶和扣環。那是馬具；和牠在家鄉看見馬夫套在馬匹身上的一模一樣。同時正如牠看過馬匹工作，現在牠也得工作了。拖著坐了法蘭休斯的雪橇到山谷邊緣的森林裡，再載滿木柴拖回來。儘管被當條拖東西的狗令牠威嚴盡喪，但聰明的牠知道絕不能反抗。雖然一切都那麼陌生、那麼奇怪，牠仍努力工作，全力以赴。法蘭休斯很嚴厲，要求的是立即的服從。藉著長鞭之力，他也確實得到立即服從。另外無論何時只要巴克一出錯，經驗老到的押隊犬達夫也會咬咬牠的後腿。帶隊的是同樣經驗豐富的史匹茲，由於未必能夠時時咬得著巴克，牠改以偶而低吠數聲表示嚴厲的叱責，或者機靈地將全身的重量投在挽繩上，將巴克扯到該走的方向。巴克輕易學會牠的工作，在牠的兩個夥伴和法蘭休斯聯合督導下進步神速。在返回營地前，牠已熟知聽到「嗬！」要住腳，聽到「走！」就往前進，遇到轉彎要兜大大的彎，下坡路上滿載的雪橇直追牠們的腳後根，千萬要跟後面的押隊狗遠遠保持距離。

「三條頂呱呱的好狗。」法蘭休斯告訴裴洛說：「那隻巴克精得跟鬼一樣，什麼事情只要我一教，牠就會了。」

到了下午，匆匆忙忙發送郵件去了的裴洛又帶著兩條狗回來。是純種的哈士奇。他叫牠們比利和喬伊；是對兄弟。雖然牠倆就跟黑夜和白天一樣處處相異，都是同一隻母親所生。脾氣好得過頭是比利的一大缺點，喬伊卻恰恰相反，孤僻乖戾，咆哮不斷，還帶著惡狠狠的目光。巴克以熱絡的態度接待牠倆，達夫對牠們視若無睹，史匹茲先找第一隻欺負，再來收拾另一隻。剛開始比利帶著退讓意味猛搖尾巴，後來一看姑息無用，而史匹茲又用利牙咬傷牠的腰脅，便哀號著（仍舊帶著講和的味道）轉身就跑。但換了喬伊，無論史匹茲怎麼繞圈子，牠都豎著長毛、雙耳伏貼，立穩腳跟，旋身與牠正面相對。嘴唇歪扭，高聲咆哮，兩排牙齒緊咬得咔咔響，眼裡兇殘地閃著光，一副隨時準備大戰的氣勢。牠表現出來的樣子是那麼駭人，史匹茲不得不放棄教訓牠的意圖；但是為了掩飾自己的難堪，牠轉而追趕正在嗚嗚咽咽、又不會傷人的比利，一直把牠逼到營帳的邊緣。

傍晚，裴洛又找到一條狗；是條又瘦又長又憔悴的老哈士奇，臉上布滿戰鬥留下的疤痕，眼睛只剩一隻，卻流露勇武的警告之色，命令大夥兒必須敬重牠。牠叫索列克❷，意思是善怒者。像達夫一樣，牠無所求、無所予，也無所期待。當牠悠哉游哉地晃入狗群間，就連史匹茲也不敢招惹牠。倒楣透了的巴克發現牠有個怪癖：不喜歡人家靠近牠瞎眼的那一邊。巴克無意中觸犯了這項禁忌，索列克立即旋身撕咬牠的肩胛，傷口深可見骨、足足三吋長，做為牠粗心大意的懲罰。從此以後，巴克始終避免再接近牠盲眼的那一側，因此直到最後牠倆的同事關係都沒再起風浪。索列克唯一一個明顯的渴望和達夫相同：不受打擾；只是，巴克後來才明白，牠倆各自擁有一個更重大的抱負。

那天夜裡，巴克面臨睡覺的大難題。在整片銀白的平原中，帳棚在一支蠟燭的照明下散發溫暖的光輝。當牠視為理所當然地走進帳中，裴洛和法蘭休斯立即拿著炊具，咒罵連連地轟得牠驚慌失措、六神無主，好不容易終於回過神來，這才來丟臉地逃出冰天雪地的帳棚外。一陣寒風刺骨，吹得牠受傷的肩頭彷彿挨了毒針般。牠躺在雪地上想睡個覺，可是不一會兒工夫，寒嚴的冰雪卻凍得牠連四肢都在顫抖。淒涼的牠可憐兮兮地在許多帳棚間亂逛，逛來逛去只發現到處一樣

---

❷ Sol-leks：lek爲硬幣名，此名應有「硬角色」之意。

冰冷，而且不時有野狗朝牠撲襲。不過見牠馬上豎起頸毛、狺狺作吠（因爲牠學得很快），對方只好平平安安地放過牠了。

終於，牠想到一個念頭：回去看看同伴們都是怎解決這個問題的。令牠驚訝的是：牠們全都不見了！牠再度漫步整個大營區尋找牠們，然後又跑回來。莫非牠們在帳棚裡？不；絕不可能，否則牠也不會被趕出來。不然牠們會到哪裡去了？牠夾著尾巴，全身顫抖，形單影隻，漫無目標地繞著帳棚走。突然間，牠前腳底下的雪坍陷了。牠的身體往下沈，腳底下不知什麼東西在蠕動，慌得牠趕緊往後一跳，豎起長毛，對那不可見、不可知的東西滿懷畏懼，高聲咆哮。但一聲友善的低吠讓牠安了心，巴克回到原處探究端詳。一絲暖流飄上牠的鼻尖；比利全身蜷縮得像紮實的小毛球窩在雪下面。牠安排地嗚嗚低叫著，扭動身體表達牠的友好和善意，甚至大膽地伸出牠溫熱濕潤的舌頭舔巴克的臉，做爲求取和平的賄賂。

又是一課教訓。原來牠們就是這麼睡的，嗯？巴克滿懷自信地選好一個地點，忙忙亂亂、浪費好多多餘力氣替自己挖好一個。本身身體散發的熱氣瞬間充滿整個有限的空間，巴克沈沈地睡著了。這一天過得漫長而艱辛，雖然偶爾高吠、低吼，與噩夢纏鬥，牠仍睡得又熟又舒服。

第二天，牠一直到被活絡的營地裡各種吵雜聲吵醒才張開眼睛。最初牠不曉得自己身在何處。下了一夜的雪，牠已被完全埋在雪堆下。四面八方的雪牆壓迫著牠，一股巨大的恐懼衝過牠全身——是野生動物對於陷阱的恐懼。那是牠即將循著自己生命蹤跡回歸祖先生活的預兆：因為牠是條文明狗，一條過度文明的狗。在牠的經驗裡沒有陷阱這東西，因此牠根本不可能怕它。牠全身的肌肉立即不由自主地收縮，頸部和肩部的毛根根直豎，咆哮一聲。筆直向上一躍，跳入令人眼花的白晝裡，雪花像閃耀的雲朵般在周遭四散亂飛。在四足落地前那一瞬間，牠看見雪白的營地舖展在面前，認出自己身在何處，同時憶起從和曼紐出門溜躂，到昨夜為自己挖洞這段期間內的林林總總……

法蘭休斯大叫一聲，為牠的出現高興地歡呼。「我不是說了嗎？」他對裴洛高喊：「這巴克學什麼都快得不得了。」

裴洛鄭重地點點頭。身為加拿大政府的信差，負擔重要的幾件分發工作，擁有巴克令他感到格外開心。

不到一小時內，又有三隻哈士奇加入陣容，組成一支九條狗拉的雪橇隊。再經過不滿一刻鐘牠們都已套好挽具，奔上前往達亞峽谷的小徑。巴克很樂意活動筋骨；雖然工作吃重，但牠發覺自己並不特別討厭這差事。牠對帶動全隊朝氣蓬勃，並且感染了牠的熱烈情緒感到驚奇；而更驚訝的卻是發生在達夫和索列克身上的變化。套上挽具的牠們態度有了一百八十度的轉變，化爲兩條全新的狗。所有的消極散漫、漠不關心全都消失無蹤，變得機警活躍，渴望工作進行順利，一有任何停滯或混亂延誤了工作便會暴跳如雷。辛苦拖拉挽繩似乎是牠們的存在最爲淋漓盡致的表達，也是牠們活著唯一的目的和僅有的樂事。

達夫的角色是押隊者或雪橇狗，在牠前面爲巴克，再前面是索列克。其餘的狗呈單行遞次往前排到領隊後面；擔任領隊職位的是史匹茲。

爲了讓巴克得到指導，牠被刻意排列在達夫和索列克之間。牠是機靈的學徒，而牠們也同樣是機靈的老師，從不允許牠持續太久的錯誤，並且輔以利牙強迫教學。達夫既公正又聰穎異常。牠從不無緣無故咬巴克，萬一有需要施以訓誡時，也從不少咬一口。由於牠有法蘭休斯的鞭子做後盾，巴克發現乖乖修正自己的方式要比報復划算多了。一旦牠在短暫的停留中攪亂了挽繩，延誤出發的時間，達夫和索列克便雙雙飛撲上來，對牠施以凌厲的懲戒。雖然結果只會使得挽繩更加糾纏不清，但從此以後巴克卻會小心注意別弄亂了繩子；而一天尚未結束，牠對自己的工作已經進行得十分熟練，兩名同伴也幾乎完全不再咬牠了。法蘭休斯不再動不動抽牠一鞭，裴洛甚至抬起牠的腳仔細檢查，做爲對牠的嘉獎。

這是一天辛苦的行程。上達亞峽谷，經綿羊營區，過天平山能和林木線，橫度數百尺深的冰河和雪堆，越過矗立於鹹水與淡水水域之間、形勢險峻地守衛著孤涼北國的齊爾庫特分水嶺。牠們飛快奔過一連串塡滿死火山口的湖泊，深夜時分將雪橇拉進設在貝涅特湖口區的大營地。成千上萬的淘金客在這兒建造小船，以備春季冰雪溶解後使用。巴克在雪地中刨好窩穴，筋疲力盡地睡著了。可是第二天七早八早便被挖醒，和其他同伴一塊兒在昏暗的天光中被套上挽具。

那一天，因爲雪徑已被踩得很硬實，牠們跑了四十哩路。但隔天，以及接下來的許多天，牠們都得自行開路，工作得更辛苦，進度卻遲緩得多。通常裴洛走在隊伍最前頭，用帶蹼的鞋子把雪地踩硬，讓牠們跑起來輕鬆些。法蘭休斯握著雪橇桿邊吆喝，邊導引雪橇的方向。偶而他倆會互換職務，不過這種情形並不多見，裴洛匆匆趕路，對於自己在冰雪方面的知識頗爲自負。這種知識目前可有可無；因爲秋季裡的冰很薄，急流處根本還未結冰。

日復一日，巴克拖著挽繩在彷彿永無休止的日子裡辛苦跋涉。牠們總是在天還沒亮就拔營，東方剛露魚肚白，已經跑了好幾哩路。而且一定要等天黑之後才紮營，吃了自己分到的魚肉便鑽進雪洞睡覺。巴克是個大胃王，一磅半的乾鮭魚肉吃到牠肚裡就像進了無底洞。牠老是吃不夠，老是不斷忍受飢餓之苦。而別的狗卻因爲體重較輕、又是天生過慣這種日子，因此只得到一磅的魚肉，卻能維持良好的狀態。

往日生活那種一絲不苟的特色很快就從牠身上消失無蹤。細嚼慢嚥的牠發現先吃完自己東西的同伴會搶走牠還沒吃完的食物，而且無從防衛起。當牠忙著擊退兩三隻狗時，別的狗一定趁機吃掉那塊肉。為謀補救，牠也吃得跟牠們一樣快。同時，受到飢餓強烈壓迫的牠，也不以搶奪不屬於自己的食物為恥。牠時時觀察，加以學習。牠看見新來的狗當中那條又會裝病、又工於偷竊的派克趁裴洛轉過身去時，悄悄偷走一片醃燻肉，第二天便依樣畫葫蘆地動手行竊，整整偷到一大塊。這樁竊案立即引起一大片擾攘，但牠並未遭受懷疑，反而是一條冒冒失失、老是被逮到的笨狗塔布成了牠的代罪羔羊。

這生平第一遭的偷竊顯示巴克很能在北國險惡的環境中求取生存。它凸顯了牠的適應力，也就是隨著多變的形勢自我調適的能力；少了這種能力，勢必會迅速遭到慘死。此外，它更進一步顯示牠的道義天性正日漸衰微、崩潰。在無情的生存競爭中，道義只會礙手礙腳，沒有任何益處。換成講求愛與友誼的南方，尊重私人財物和個人情感是極好的行為。但在奉棍棒和利牙為法律的北國，誰重視那些就是傻瓜。而且據牠所觀察，那傻瓜還會過得很慘。

巴克並不是經過深思熟慮之後而改變。牠只是去適應，只是不知不覺地調整自己去遷就新的生活模式。從小到大，不管勝算如何，牠從未有過逃避戰鬥的紀錄。但紅衫男子的棍棒，卻把一套更基本、更原始的法則深深敲入牠的腦袋裡。身爲文明狗，牠可以爲某個道義上的因素而死。比方說：爲了保衛法官的馬鞭。而現在，藉由牠爲了逃避懲罰而悖棄對道義的保衛那種能力，可以證明牠已完全脫離文明色彩。牠偷竊不是爲了好玩，而是因爲胃的抗議。基於對棍棒和利牙敬而遠之的心態，牠不公然搶劫，改採偷偷摸摸的行竊。簡單一句話，牠之所以做某些事情，是因爲做比不做好過些。

牠進展（或者該說是退化）十分神速。牠的肌肉變得硬如鋼骨，對於一般的痛苦幾乎全都渾然不覺，無論內在、外在都相當節制。不管多令人作嘔，多難以消化，牠什麼東西都能吃。而且一旦吃進肚裡，牠的胃液就能連最後一點點養分都加以吸收，讓血液將它輸送到身體最遠的血管末梢，造就最堅韌結實的組織。視覺與嗅覺變得異常敏銳；而聽覺更靈敏得睡覺時連最微弱的聲息也聽得到，甚至分解得出那是在通報和平或危險。牠學會用牙齒咬掉聚積在腳趾間的冰雪。當牠口喝，而附近又有覆蓋一層層厚冰的水坑時，牠也會用懸起堅挺的前腳，再猛力將冰層蹬破。牠最令人側目的本領是能夠在前一天晚上便嗅出隔天是否會颳強風。即使空氣中沒有一絲絲微風，只要看見牠在樹腳下或堤岸邊挖穴，稍後風起的時候，必會發現牠窩在舒舒服服，又能擋風避雨的下風處。

牠不僅僅從經驗中學習，更加上許多逝去已久的本能現在都復甦了。馴化了的世世代代自牠生命中剝離。牠模模糊糊地回憶起自己這一血統的初生時期，野狗成群結隊穿越原始森林、撲殺被牠們追捕到的獵物那個時代。對牠而言，學習以撕、扯和狼族猝然一咬的作戰方式並非難事。被遺忘了的遠祖們用的就是這套戰技。是牠們促使潛伏於牠體內的舊生命復活，牠們深深烙印於種族遺傳的癖好便是牠的癖好。彷彿那全是牠一向的習慣般，牠不費力氣，不用刻意發掘，自然而然憶起這些老習性。當牠在寂靜的寒夜裡，對著某顆星星、仰起鼻尖，發出像狼一般的長嗥，那是牠湮歿已久的先祖遞經千年萬代，遞經牠，在對著星星仰起鼻尖長嗥。而牠的韻律便是牠們的韻律；那韻律，唱出牠們的悲哀。同時在牠們心目中，意味著寂靜，寒冷，與黑暗。

就這樣，那象徵著生命如傀儡的古老歌曲澎湃在牠胸懷，牠終於尋回自己原有的東西。而牠之所以來到北地，是因有人在這兒找到某種金礦，也因爲曼紐是個薪水只夠勉強應付妻子和若干子女所需的園丁助手。

第三章・奪取霸權的原始野獸

巴克的內心深處強烈地潛伏一股佔領優勢的原始獸性，在拖車生涯的激烈環境下日益滋長。然而那只是一種秘密的成長。新生的狡獪帶給牠沈著和克制。牠爲適應新生活已經忙得緊張兮兮，不僅不會挑起戰火，甚至竭盡所能避免爭鬥。愼重成了牠舉止中的特色。牠不再毛毛躁躁、輕舉妄動。雖然和史匹茲之間存在著深刻的憎恨，也不洩露半點急躁之色，並且避免所有冒犯的行動。

相反地，史匹茲大概因爲將巴克歸入危險對手的行列，所以一有機會就要展示牠森利的牙齒，甚至特別勤於欺凌巴克，動不動就努力挑起可能導致你死我活的戰火。倘若不是一場突如其來的意外，也許這樣的結局早在旅程之初就發生了。

這天，天黑之後，他們在荒涼的拉布基湖畔因陋就簡地野營。一陣挾帶大雪，像白熱的刀子般割人的暴風加上陰暗的天色，迫使牠們不得不摸索著找尋一個露宿之地。沒人比他們的遭遇更慘了。在他們背後聳立著一堵垂直的岩壁，裴洛和法蘭休斯迫不得已，只好在封凍的湖面之上生起火、鋪好睡毯。爲了旅途輕便，他們早在達亞拋棄帳棚。他倆撿了幾根浮木來升火，但不久便因燒融冰雪而熄滅，只好摸著黑吃晚餐了。

巴克在緊靠著擋風的岩壁下刨好自己的窩。這個窩是那麼舒適溫暖，以至於當法蘭休斯分派剛在火堆上大致解凍的魚肉時，巴克幾乎是不情不願地走出來。可是等牠吃完自己那份食物回來時，卻發現牠的窩被霸佔了。一聲警告的咆哮告訴巴克，非法入侵的是史匹茲。

截至目前爲止，巴克一直避免和這個仇敵發生糾紛，但這次對方實在太過分啦。潛伏於牠內心的獸性在怒吼。牠帶著一股敵我雙方都意想不到的暴怒朝史匹茲撲去；尤其史匹茲更是震驚萬分。因爲依據過去牠和巴克間的種種經驗顯示，對方不過是隻膽小如鼠的狗。之所以能夠勉強保持住地位，全靠牠龐大的體型和重量罷了。

看見牠們糾纏不清地從面目全非的窩中疾射而出，法蘭休斯也大感驚訝。他很快地研判出這場糾紛的起因，對著巴克大叫：「啊——啊——哈！教訓牠！快啊，教訓牠！那下流賊！」

史匹茲同樣樂於放手一搏。牠一面忽進忽退地繞圈子伺機進擊，一面發出憤怒而熱切的長號。巴克也正躍躍欲試，並且保持高度謹慎，一樣進進退退地苦覓致勝良機。但就在這時意外發生了，牠們之間的爭霸戰也因而遙遙拖延到辛苦拉車、疲憊地跋涉過漫漫長途之後。

裴洛的一聲咒罵、棍棒落在瘦骨之上的聲效、以及一聲痛落的尖銳吠聲，通報了另一場騷動的爆發。倏忽間，營地裡發現許多躲躲閃閃行走的毛茸茸形體——爲數八、九、十條，都是些餓得骨瘦如柴的哈士奇犬，從某個印地安聚落裡嗅到營地氣息而來。牠們在巴克和史匹茲打鬥之際就已潛行來到，當兩名男子拿著粗棍在牠們之間亂跳亂打時，牠們也齜牙咧嘴地反擊。食物的香味逼得牠們發狂。裴洛發現有條狗整個頭都已埋進食物箱裡，掄起棍棒重重打在牠瘦削的肋骨上，連同食物箱都被拖翻在地。剎那間二、三十條餓荒了的牲畜一齊衝過來，爭先恐後地搶食麵包和燻肉。棍棒打在身上牠們也不在乎。縱然在如雨點般落到身上的棍棒下尖叫、哀號，卻仍瘋狂地奮勇搶奪到連一滴食物碎屑都不剩。

這段時間內，驚愕的雪橇狗群也都已從各自的窩中衝出，結果卻只落得遭受入侵者們猛烈的攻擊。巴克從未見過那樣的狗。牠們的骨頭彷彿就要穿透皮膚，濕答答的狗皮裡只裹著具骨架，兩隻眼睛燃燒熾烈的光焰，長牙之間淌著口水。然而飢餓的瘋狂讓牠們變得恐怖而難以抵擋，根本無法與之相抗。在第一波突擊中，雪橇狗群全被掃退至石崖下。巴克本身遭受三隻哈士奇圍攻，才一會兒工夫頭和肩膀都被撕咬得皮開肉綻。現場一片嚇人的喧鬧。比利像平常一樣鬼哭神號。達夫和索列克遍體鱗傷，淌著鮮血，英勇地並肩做戰。喬伊像隻魔鬼似的窮打猛咬。有一次，牠狠狠咬住一隻哈士奇的前腿，咬得對方的骨頭嘎吱嘎吱響。愛裝病的派克馬上撲向那跛了腿的牲畜，銀牙一閒，再猛一扭扯，咬斷牠的頸子。巴克咬住一隻口吐白沫的敵人喉嚨。當牠的牙齒陷入對方頸靜脈，鮮血噴灑了自己一身。嘴裡那溫熱的口感刺激牠更加兇狠。牠飛身攻向另一隻敵人，卻同時感到自己的咽喉被咬住了，原來是索列克陰險地從旁偷襲。

剛將營地整頓好的裴洛和法蘭休斯匆忙過來救援他們的雪橇狗。那批飢餓的野獸掀起的狂潮在他們面前退去，巴克脫身了。但那只是暫時而已。兩名男子被迫奔回去搶救食物，於是哈士奇犬又跑回頭攻擊牠們。比利化驚駭爲勇氣，奮力衝出那野蠻的包圍逃之夭夭。派克和塔布緊隨其後，其他同伴也都跟著往外撲。正當巴克蓄足全力準備接著衝出去，卻在眼角餘光中瞥見史匹茲向牠奔來，顯然是意圖將牠撞倒。一旦在這一大群哈士奇中倒了地，牠就毫無生望了。然而牠在受史匹茲攻擊的震駭之餘卻反而抖起精神一振，加入同伴逃到冰封的湖上。

沒多久，九隻雪橇狗已經集合在一起，跑進森林尋找藏身處。雖然後無追兵，牠們卻全都狼狽不堪，沒有一隻不是掛了四、五處彩。有的還傷得非常嚴重。塔布一隻後腿重傷，在達亞才最後加入陣容的哈士奇犬多麗的喉嚨被撕破一大塊；喬伊瞎了一眼；而好脾氣的比利也被咬碎了一隻耳朵，徹夜哀天哭地、嗚咽個不停。

破曉時分，牠們一拐一瘸、小心翼翼地溜回營地發現掠奪者已經跑了，兩名男子氣虎虎地待在那裡。他們的糧食已經整整去掉一大半，就連雪橇繩和帆布罩也被那些哈士奇犬嚼爛了。事實上，不管是多麼難以下嚥的東西，全沒逃過牠們的嘴。這些餓鬼吃掉裴洛的一雙鹿皮鞋、大塊大塊的挽繩表皮，甚至法蘭休斯那條鞭子尾端也被咬去兩呎長。他中斷對那條長鞭悲愁的凝視，仔細檢查受傷的狗群。

「啊，我的朋友呵，」他輕柔地說：「咬來咬去咬得那麼兇，也許會讓你們變成瘋狗哩！也許全都會變成瘋狗哩，天哪！唔，裴洛，你說呢？」

信差猶疑地搖搖頭。距離道森還有四百哩路，他可經不起自己的狗群間爆發瘋病。經過兩個小時邊咀咒邊努力的工作後，總算把挽具整理好了。於是，這隊傷得一動就痛的雪橇狗們負傷上路，痛苦地奮力跋涉在這段截至目前爲止最爲辛苦——同時也是由北地到道森城間最艱難——的旅途。

三十哩河河道寬闊，湍急的水流結不成冰霜，只有在漩渦和水面平靜處才見得到冰雪凝結。他們整整筋疲力盡地辛勤跋涉六天，才走完那艱險的三十哩路程。這三十哩河道眞是可怕。因爲每前進一呎，人、狗都要冒生命之險。在前方小心探路的裴洛十餘度踩破冰橋往下掉，幸虧他隨身橫持一根長竿，每次都可以架在墜下的洞口兩端救他一命。然而，適逢一道寒流來襲，溫度計上顯示氣溫降至零下五十度，所以每次墜落他都不得不生火烤乾衣服，免得丟了命。

他沒被嚇倒。也正因爲什麼事都嚇不倒他，他才會被選派爲政府的信差。他冒各種危險，堅定地把他那瘦小乾癟的臉伸進冰雪中，每天辛辛苦苦從黎明趕路到天黑。他沿著水邊上結凍的冰岸走。那種冰層一踩上去便會嗶嗶剝剝地傾斜，因此他們都不敢多停留半步。

曾有一次，達夫、巴克連同雪橇一塊兒跌落裂開的冰層下，等被拉上後全身已凍得僵掉一大半，差點沒被溺死。如同以往，牠們得靠火來救命。牠們的毛皮上凝著一層結實的冰雪，兩名男子讓牠們繞著火堆邊一面溶冰、一面流汗地不停奔跑，距離近得身上的毛都被烤得嘶嘶響。

另外一次，是史匹茲掉下去了，跟在後面一直到巴克以前的伙伴也紛紛被拖下。巴克前掌抵著滑溜的邊緣，使足全力往後繃。周遭的冰層不斷顫動、發出輕脆的碎裂聲。但在牠後面的達夫也同樣使勁兒繃著，而雪橇後面的法蘭休斯更是賣力拉得筋骨咯咯響。

前、後兩方的冰層再度塌陷，除非爬上懸崖休想逃生。正當法蘭休斯急得祈禱天降奇蹟的同時，裴洛眞的奇蹟般地攀上崖頂，利用手邊所有的皮鞭、挽繩和挽具結成一條長索，將掉下去的分之一。

狗一一拉上崖頂，再拉起雪橇和所運送的東西，法蘭休斯才最後一個上來。接著他們尋找下崖的地點，結果最後還是得藉助長索下去。到了夜晚，他們回到河邊上，總共才前進了應走行程的四分之一。

等到他們走到胡塔林卡，冰也積得很好走時，巴克已經累得沒力氣了，其他的狗全都差不多。但裴洛為了彌補損失的時間，每天從早到晚催促牠們加緊速度。第一天，牠們行進三十五哩來到大鮭河；第二天又跑三十五哩趕到小鮭河；第三天朝著五指灘連趕四十哩路。

巴克的腳不像哈士奇犬那樣結實強韌。自從牠的最後一名荒野祖先被某個穴居人或河濱居民馴服以後，千年百代以來，牠的腳早已柔弱化了。牠整天在劇痛中行走，每當營地一紮好，馬上像條死狗一樣臥在地上。即使餓得飢腸轆轆，也不肯移動半步去取得自己那份魚肉，只好由法蘭休斯拿到牠面前。此外，每晚吃過晚餐後，這狗車夫還會替巴克搓揉半個小時的腳，並且犧牲自己鞋子的上緣，替牠做了四隻鞋子。這真是一大救濟。因此，當有天早上法蘭休斯忘了替牠套上鞋子時，牠索性賴在地上不走，四腳朝天哀求地揮舞著，表示沒有鞋子就不肯移動半步，逗得裴洛那張乾巴巴的臉都不由得扭成一副咧著嘴的樣子。不久之後，牠的腳漸漸堅韌得能夠適應拖車生涯，磨破的鞋子也就被丟掉了。

有天早上在沛力河邊[1]，牠們正被套上挽具時，一向不太顯眼的多麗突然發瘋了。牠發出一聲令人心碎的長長的狼嗥，嚇得整隊的狗全都豎起鬃毛。然後牠便直撲巴克而來。巴克從未見過狗發瘋，也沒有任何理由畏懼瘋狂。然而牠還是覺察到一股恐怖，拔開腿沒命地倉惶奔逃。牠一路向前飛奔，多麗也口吐白沫、氣喘吁吁地在一躍距離外追逐。牠既追不上嚇得跑起來像一陣風的巴克，巴克也擺脫不了瘋得力大無窮的牠。巴克飛快衝過島上多樹的隆起地帶，奔到低窪的一頭，橫越漂滿浮冰的河道末端到另一個島上，接著跳上第三個島，繞回主河流，孤注一擲地準備橫越這條河。一路上牠雖然沒有回頭看，卻聽得到多麗在僅僅一躍距離之後不斷咆哮。法蘭休斯在四分之一哩外召喚牠，於是牠返身往回跑，仍舊保持一躍距離的領先，痛苦地喘著氣，希望能吸進些許空氣，同時把所有信心寄託在法蘭休斯會拯救牠。那狗車夫手中穩穩拿著一把斧頭，等巴克「嗖！」地從他面前疾射而過，立即朝發了瘋的多麗腦袋砍下。

巴克搖搖欲墜地靠在雪橇邊，虛脫、無助，抽抽嗒嗒地猛吸氣。這正是史匹茲的大好良機。牠撲向巴克，利牙兩度深陷到毫無抵抗之力的仇敵身上，咬著牠的肉，撕扯到深可見骨。這時法

[1] Pelly River：育康河上游之一支。

蘭休斯的鞭子揮了過來，巴克心滿意足地看著史匹茲受到截至目前為止，同伴之間所遭受最嚴厲的鞭打。

「史匹茲，是隻魔鬼，」裴洛發表議論：「早晚有一天牠會殺了那隻巴克。」

「巴克是兩隻魔鬼。」法蘭休斯回道：「我整天觀察巴克，確定得很。聽著：哪天牠一發起狠來，準會把史匹茲連皮帶骨嚼得稀爛，吐到雪地上。我知道，一定會的。」

從此以後，牠倆之間便開啓了戰端。身爲領隊狗、並被公認爲隊中老大的史匹茲，感受到自己的霸權遭受這陌生的南方狗威脅。對牠而言，巴克的確夠奇怪的了。因爲在牠見過的那麼多南方狗中，沒有一條能在野營生活和拖橇工作上派上多大用場。牠們全都太軟弱了，總是在跋涉、冰霜和飢餓之中搞的奄奄一息。巴克是個例外。唯有牠能夠承受並茁壯，在力氣、凶蠻、和狡猾各方面和哈士奇犬相匹敵。此外，牠還是一條霸王型的狗。而更危險的是紅衫男子的棍棒已經從牠的領導慾當中，打掉所有的蠻勇和輕率。牠的狡猾異乎尋常，同時擁有不亞於原始人的耐性，能夠靜心等候最佳時機。

爭奪領袖權的衝突勢將無法避免。巴克想得到它；因爲那是牠的天性；因爲牠已被源於拉雪橇和挽繩而產生那股無以名之、又難以理解的驕傲——那股掌握著狗群辛苦工作到咽下最後一口氣，誘使牠們樂於在挽具的束縛下死去，要是被排除於挽具外就會心碎的驕傲。這是達夫擔任押隊狗的驕傲，是索列克使盡全力拉車時感覺的驕傲。正是這股驕傲掌握著那些雪橇狗，使牠們在拔營時刻由惱怒、乖戾的畜牲，轉變爲訓練有素、生龍活虎、而又野心勃勃的動物。是這股驕傲在整個白天裡激勵著牠們，到了夜晚紮營後便拋下牠們而去，使牠們退入隱隱的心神不寧與意猶未盡中。這股驕傲也支持著史匹茲，並促使牠嚴懲那些在拉橇過程中出錯與逃避責任，或在早晨套挽具時躲得不見蹤影的隊員。同樣地，也是這股驕傲令牠擔心巴克可能當上領隊狗。而這，同時也是巴克的驕傲。

巴克公然威脅史匹茲的領導權，介入牠與應當受牠懲罰那些逃避工作的狗之間，而且是蓄意這麼做。有天夜裡天上下起一場大雪，到了早上那隻愛裝病的派克沒出現，安安穩穩躲在一呎深以下的雪洞中。法蘭休斯大聲喊牠、找牠都沒用。史匹茲氣得暴跳如雷，火冒三丈地繞行營地，在每個可能的地方又嗅又刨，發出令人喪膽的咆哮，躲在雪地下的派克聽到之後不由得直發抖。

可是，當牠終於露面，史匹茲飛撲過來施以懲罰時，巴克卻帶著同等的怒氣撲到牠倆之間。牠的行動是那麼出乎意料，又那麼凌厲狡猾，史匹茲猛不防被牠撞得身子後仰、四腳朝天。剛剛還可憐兮兮猛打抖的派克見同伴公然反叛，鼓起勇氣撲向牠那被打倒的領袖，早已忘了公平遊戲規則的巴克也朝史匹茲撲去。但法蘭休斯在對這樁突發事件微微一笑之餘，仍然堅持稟公處理，全力將皮鞭抽打在巴克身上。巴克並沒有因爲這一鞭就放過倒地的對手，於是長鞭的握柄也加入戰局。巴克被打得眼冒金星、直往後退，皮鞭也一鞭又一鞭落到牠身上，而史匹茲則痛快懲罰屢次違規的派克。

接下來的幾天，距離道森城愈來愈近了，巴克仍然不斷地介入史匹茲與罪犯之間；只是牠做得很技巧，總趁著法蘭休斯不在附近時才搗亂。受到巴克暗地反叛的影響，狗群間也普遍掀起了違抗老大的現象，並且愈演愈烈。達夫和索列克不受這股風潮影響，但其他的狗卻是一天壞似一天。隊上不時爭爭吵吵，事事都不順利。隨時隨地總有紛爭在醞釀，而追根究柢全是巴克作的怪。牠害法蘭休斯忙得一刻不得清閒；因爲這馭狗人時刻掛慮著他心裡有數，牠倆之間遲早必定爆發的生死鬥。好幾個晚上，他在別的狗之間的小小爭吵聲中披著睡袍跑出來，深怕是巴克和史匹茲正在決一生死。

然而，機會遲遲未出現，直到牠們拉著雪橇進入道森城那個陰沈的午後，大戰都仍未發生。道森城內有數不清的人和狗，巴克發現這些狗全都在工作。看起來，狗應該工作好像天生注定的事。牠們整天拉著大隊在街上跑過來跑過去，入夜之後叮叮噹噹的狗鈴還在響。牠們馱著整箱的木頭和柴薪運送到礦場，擔任各種在聖塔克萊拉谷由馬匹負責的工作。

巴克到處都會碰到南方的狗，不過大多還是以類似野狼的哈士奇犬爲主。每天夜裡，牠們固定在九點、十二點、三點鐘高唱一支夜曲；一支音韻單調、詭異的曲子，而巴克也欣然樂意加入牠們的嗥唱之中。

頭頂上有著北極光在冷冷地閃耀，或者天星在霜雪之舞中躍動。大地於白雪的籠罩中冰封、凍得人發麻，這支哈士奇的頌歌想必是對於生命的挑戰。只是它被投入一種憂鬱頹喪的心情，拖著長長的悲號和隱隱的嗚咽，更像是對生命的懇求，對生存中的苦難之表達。那是一支古老的歌曲；如同這個族類一般古老——那是早期世界、悲歌年代中最初的歌曲之一。

這支曲中充滿了無數世代的哀愁，巴克的心緒莫名奇妙地深受這悲歎的騷動。當牠呻吟低泣，那泣訴中包含的生存之苦，是牠荒野祖先們古老的痛苦；而其中的寒冷與黑暗之恐怖和神秘，對於牠們一樣恐怖而神秘。單調的歌曲記錄著某個完成；巴克循著歌韻經過以火取暖、以屋頂蔽護的年代，回溯到咆哮歲月生活中原始的草創期，又怎能不受它的撩撥騷動？

進道森城的第七天後，他們順著貝勒克溪陡峭的斜堤走到育康雪徑❷，朝向岱亞和鹽海推進。裴洛似乎正運送著比進城時更加緊急的郵件；另外，趕路的驕傲也已緊緊抓住他，他打算完成一趟年度創紀錄之旅。有利於他的因素有幾項：其一，狗隊經過一整個禮拜休息已經完全恢復元氣，並且整頓就緒。其二，他們當初來時所開的路已被後面的旅人踩得結結實實。還有，更有利的是警方已經安排兩三處的人和狗的食糧儲備處，因此他可以輕車上路。

第一天牠們奔跑五十哩，來到六十哩河；第二天衝上育康雪徑，朝沛力河邁進。但要達成這樣輝煌的趕路成績，在法蘭休斯方面並非不曾遭遇困擾，傷過腦筋。由巴克主導的伺機反抗風氣，已經破壞整個隊伍的團結，不再像是只有一條狗在拉車奔躍那般協調順暢。巴克給予叛逆者的鼓勵引導牠們犯下各式各樣卑鄙的小罪行，史匹茲再也不是一條令人深深畏懼的領袖。牠們拋掉往日的畏服，平起平坐，挑戰牠的權威。

有天晚上，派克搶走牠的一半魚肉，並在巴克的保護下將它吞到肚子裡。另一天夜晚，塔布

---

❷育康河：位於阿拉斯加及加拿大西北部之間，爲加拿大西北之一區，首府白馬（Mitehorse），育康河在此區南部發源，向西北流，經阿拉斯加注入白令海峽。

和喬伊聯手與史匹茲打架，並且讓牠無法對牠們施加應得的懲罰。就連溫順的比利也沒那麼好脾氣了；從前嗚咽之中那股討饒意味減了一大半。巴克每次靠近史匹茲必定威脅地倒豎長毛、惡聲咆哮。事實上，牠的行為幾近惡棍，動不動就在史匹茲鼻尖前大搖大擺地走過來、逛過去。

紀律的敗壞同樣影響到狗與狗互相之間的關係。牠們比起從前更常吵吵打打，有時把整個營地搞得像座鬼哭神號的瘋人院一樣。只有達夫和索列克雖然常被這些沒完沒了的爭吵惹得暴躁易怒，卻沒有什麼轉變。

法蘭休斯嘴裡罵出一大堆奇怪又粗野的咀咒，扯著自己頭髮，在雪地上連連跺腳乾生氣。他的長鞭成天在狗群中咻咻舞動，但收不到多少效果。只要他一轉身，牠們馬上又吵成一團。他用鞭子替史匹茲撐腰，其他的狗卻有巴克當靠山。法蘭休斯曉得所有糾紛背後都有巴克一份，牠也知道他曉得；只是牠太聰明了，再也不會被當場逮個正著。牠在拖橇方面盡忠職守，因為辛勤工作已成為牠的一項樂趣；但偷偷在同伴間挑起一場戰爭、弄亂挽繩，是一項更棒的娛樂。

有天晚上，吃過晚餐後，塔布在塔奇納河口發現一隻雪鞋兔（白靴兔），在亂衝亂撞間牠追丟了。不一會兒整隊雪橇狗都在後面緊追不捨，一百碼外的西北警局營地裡那五十條哈士奇也全數加入追逐。雪鞋兔飛快地順河而下，折入一個小河灣，在冰床表面輕盈地奔跑，大隊狗群卻得費盡全力破雪而進。巴克一路領先，率領六十多條狗一彎繞過一彎，始終追趕不上。牠伏低身子，急切地嗚嗚長嗥，壯麗的身軀一蹤一躍，在暗淡的月光下閃亮地疾馳。而那雪鞋兔更像一縷蒼白的冰雪幽靈，在前方蹦蹦跳跳地閃閃飛掠。

渴見鮮血，愛好殺生，在固定的時段驅使人們離開喧囂城市來到森林、平原，利用靠化學作用推進的鉛彈射殺生物，這一切古老本能的煽動——這一切，巴克都有，只是埋藏得更深，更深。牠奔跑在狗群之前追捕野物，要用自己的牙去咬殺那活生生的肉食，將自己的口鼻到眼睛浸浴在溫熱的鮮血中。

生命的極點以一種沈迷爲界，沈迷過度則生命無法強盛。這便是生存之道的矛盾；沈迷總在一個人最活躍的時候來臨，而它偏又是以一種令人渾然遺忘自己正活躍的現象出現。這沈迷；這對生存之計的遺忘降臨到藝術家身上，便會使他迷失自我，做出飛蛾撲火之舉；當它降臨軍人身上，他便在激烈的戰場上發起戰爭狂，對於敵人一律殺無赦；而今它降臨在巴克身上，使牠率領大軍，發出古老的狼嗥，緊緊追趕那活生生在牠面前飛快劃破月光奔逃的食物。牠在探測自己天性的深處；探測比牠更深遠的天性的各部分，回溯到時間的孕育處。牠已被生命裡的波濤洶湧，生存中的漲落浪潮，和每塊肌肉、每個關節、每條肌腱徹底的喜時臨所主宰。在這股狂喜裡，除了死、包含一切。它光熱四射、繁茂蓬勃，在活動之中表露自己。而沈迷其中的巴克，便在星空之下，死寂不動之物的表面上興高采烈地飛奔。

可是，史匹茲卻——即使是在情緒最爲高昂時，也能保持冷靜，使心用計。牠脫離狗群，在河道繞一個大彎處取捷徑越過一道狹窄的地峽處。巴克不曉得這件事。當牠繞過大彎，雪鞋兔的冰雪幽魂仍在前方飛掠，而牠又看到另一縷更大的冰雪幽魂從懸立的堤岸縱身一躍，擋在兔子面前。兔子無法回頭。當白森森的利牙在半空中咬破牠的身軀，牠的尖叫就像被打中的人叫聲一樣響。聽到這聲音，這在死亡的攫取下，由生命的頂點墜落的生物叫聲，追隨在巴克身後的整個狗群掀起一陣如雷的歡呼。

巴克並沒有跟著呼吼。牠不但未曾停下腳步，反而肩對肩朝史匹茲筆直衝去，只是去勢過猛，以至沒有咬中牠喉嚨。牠們在綿綿細雪中連打幾個滾翻。史匹茲幾乎像是沒被撞翻一般站起來，朝巴克的肩膀飛快撕咬一口馬上跳開。在倒退著找尋一個更好的立足點之間，牠的牙齒兩度像陷阱中的鐵夾一般「咔嚓」一咬，掀開薄薄的雙唇咧嘴咆哮。

巴克腦中靈光一閃，知道時候已經到了。這是至死方休的一戰。牠倆繞的圈子高聲咆哮，耳朵向後平貼，機警地偵伺有利的機會，此情此景勾起巴克一抹熟悉的感覺。牠彷彿全都想起來了——白色的樹木、大地、和月光，還有戰鬥的刺激。在純白與沈默之上籠罩一股鬼域般的寧靜。空氣中沒有一絲最微弱的聲息——沒有任何東西移動，沒有一片樹葉顫抖，兩條狗呼出的白氣清晰可見，冉冉升至冰冷的空氣中熅繞。

那些野性未馴的狗一下子就把雪鞋兔吃得連骨都不剩，正圍著圓圈期待好戲登場。牠們同樣沈默無聲，只見一顆顆眼珠精光閃爍，呼出的氣體緩緩向上飄。在巴克心目中，這古老的場面不是什麼新奇、罕見的景象。彷彿那是一種慣例，情況從來沒有改變過。

史匹茲是個能征戰的鬥士。由史匹茲柏根通過北極區，跨越加拿大和荒原，牠在各種狗面前始終堅持自己的地位，並且取得優勢。牠的怒氣固然暴烈，卻絕非盲目的狂怒。在撕裂和殲滅對方的熱烈情緒中，牠並未忘記敵人也正熱衷於撕裂並殲滅自己。除非已準備好接受突襲，牠絕不貿然突襲；除非對攻擊已有基本防範，否則牠也絕不發動攻擊。

巴克全力讓牙齒深深咬入那條那白狗的頸子，卻怎麼也無法得逞。無論牠的長牙對準哪塊柔軟的肉咬去，總會遭到史匹茲的獠牙抵擋。牙碰牙的結果是嘴脣受傷，鮮血直流，而巴克卻無法突破敵人的防守。這時牠鼓舞精神，以一波接一波猛裂攻擊的旋風封鎖史匹茲。牠三番兩次試圖攻向那雪白的喉嚨；敵人的生命力就在那位置的表面附近流動。但每一次每一次，史匹茲總是狠狠咬牠一下又跳開。後來巴克改變戰略，裝作像要直撲喉嚨一樣，突然猛一扭頭從側面繞過來，把自己的肩膀當成撞擊機，對準史匹茲的肩膀撞去，希望能把牠撞翻。只是結果卻適得其反，史匹茲不但每次都輕巧地跳開，還將巴克的肩膀狠狠咬一口。

史匹茲身上毫髮未損，巴克卻已鮮血淋漓、氣喘吁吁。戰況漸趨危急。像狼一般圍在戰場四週的圈圈始終沈默地等候，等著不管哪隻狗倒地就上前收拾牠。史匹茲眼看巴克開始咻咻喘氣立即發動襲擊，撞得牠踉踉蹌蹌立不穩腳根。巴克一度被撞得頭下腳上，整個六十條狗圍成的圈圈便猛然站起；但牠卻幾乎在半空中就恢復姿勢，於是整個圈子又坐下來等待。

然而，巴克擁有一項有助於牠卓越的特質——想像力。牠靠直覺做戰，但也能同時運用頭腦。牠向前直衝，彷彿想要重施肩膀對撞的故技，卻在最後一瞬間猛然低頭貼著雪地飛撲。牠的牙齒牢牢咬住史匹茲的左前腿。在一陣嘎吱嘎吱的嚼碎骨頭聲後，白狗只得以三條腿應戰。巴克三度企圖將牠撞倒，然重複使用這套戰術咬斷牠的右前腿。史匹茲顧不得自己的痛楚和無助，仍然瘋狂地掙扎著不願倒下。牠看見那沈默的圈圈——一雙雙閃著寒光的眼睛、一條條低垂的長舌、和一縷縷上飄的銀白色呼吐之氣——朝牠聚攏，就和牠從前看過聚攏自己手下敗將旁的圓圈一樣。只是這一次，被打敗的是牠。

牠已經毫無指望了。巴克冷酷無情；憐憫是留給溫和的地區的。牠移動位移以便發動決定性的一擊。那圈子已經緊縮到感覺得出哈士奇犬在牠的腹側呼吸。牠看得見牠們在史匹茲身後、兩旁半蹲著，隨時準備一躍而上，一對對眼珠子盯緊了史匹茲。時間似乎暫停了一下。所有的動物都像化爲石頭般文風不動，只有史匹茲渾身顫抖，聳著毛，左支右晃地進退踟躕，帶著駭人的威脅咆哮，彷彿要嚇走迫在眉睫的死亡。緊接著巴克往裡直衝，又旋即跳開；只是當牠往裡衝時，肩膀終於結結實實地撞上對方的肩膀。在月色溶溶的雪地上，那朦朧的圓圈聚成一個大黑點，史匹茲就此從視線中消失。巴克——這成功的奪標者，取得霸權的原始野獸，站在一旁冷眼旁觀。牠已完成牠的殺戮，並且感到痛快。

第四章・贏得領導地位者

「呃？我不是說過了嗎？我說巴克是兩隻魔鬼，果然一點也不錯啊！」

這是第二天法蘭休斯發現史匹茲失蹤、巴克遍體鱗傷時所做的表示。他把牠拖到火堆旁，借著火光指出那些傷痕。

「那隻史匹茲打得可眞拚命。」裴洛一面詳看那一道道綻裂的撕痕和傷口一面說。

「巴克打起來有兩倍拚命。」法蘭休斯回答：「現在我們輕鬆啦。沒了史匹茲，當然，也就沒了麻煩。」

在裴洛收拾好露營器材放進雪橇的同時，馭狗人繼續替狗套挽具。巴克大踏步走到史匹茲以領袖身份應佔的地方；但法蘭休斯對牠不予理會，卻把索列克帶到那令人覬覦的位置上。依牠的判斷，索列克是目前剩下最好的領隊犬。巴克氣急敗壞地撲向索列克，把牠趕回原位，自己取而代之。

「喔！喔！」法蘭休斯快活地拍著大腿，嚷著：「瞧這巴克。牠殺了史匹茲，想要取得牠的職務呢！」

「啐，走開！」他大叫，但巴克動也不肯移動半步。

儘管巴克威脅地怒吼，他還是抓著牠的項圈，把牠拖到一旁，將索列克牽回來。那老狗不喜歡這樣，而且明顯表現出害怕巴克的樣子。法蘭休斯固執己見，可是他才一轉身，巴克又馬上取代了自己心甘情願離去的索列克。

法蘭休斯很生氣，拿著一支粗重的棍棒走回來，吼著：「喂，我發誓，我會好好修理你。」巴克想起紅衫男子，慢吞吞地退開了；當索列克再次被帶上前去，牠也不再企圖攻擊。牠帶著滿腔忿恨怒聲咆哮，繞著棍棒所及的範圍外一點點距離轉；一面盤桓一面盯著棍棒，以便萬一法蘭休斯將它擲出時趕緊閃避，因爲牠對於棍棒方面的事已經變得很機靈了。

馭狗夫繼續進行自己的工作。牠叫巴克，預備把牠套在達夫前面的老位置。巴克倒退兩三步。法蘭休斯跟著上前，牠便又後退。經過幾次相同情形後，法蘭休斯以爲巴克是在害怕挨打，於是丟下棍棒。然而，巴克卻是在公然反抗。牠要的不是逃過一頓棒打，而是得到領導權。按理它應當是牠的。那是牠憑自己力量所贏得，沒有領導權牠絕不滿足。

裴洛也插上一腳，兩個人追著牠跑來跑去，忙亂一個多鐘頭。他們對牠摔棍子，被牠躲過了。牠們咒罵牠，咒牠祖宗八代，咒牠後世的子子孫孫、千年萬代，咒牠身上的每一根毛、血管裏的每一滴血；而牠也以聲聲咆哮來回應他們的咒罵，並隨時保持在他們打不到的距離外。牠不打算逃走，只是繞著營地一圈又一圈地撤退，明白昭告一旦心願達成牠就會回來加入陣容，乖乖聽話。

法蘭休斯坐下來搔著頭皮，裴洛看著自己的手錶破口大罵。時間飛逝，他們早該在一個鐘頭以前拉車上路。法蘭休斯再度猛抓頭皮。搖搖頭，對著信差赧顏一笑。信差則聳聳肩，表示他們被打敗了。於是，法蘭休斯走到索列克所站的地方呼喚巴克。巴克以狗笑的方式笑了，卻仍保持距離。法蘭休斯解開索列克的挽繩，托牠安插回以前的老位置。整個狗隊都已套好挽具，站在雪橇前排成一個沒有中斷的行列等著出發，巴克只剩最前面的位置可站。法蘭休斯再叫一聲，巴克再次笑了笑，還是不肯上前。

「丟掉棍子。」裴洛指揮。

法蘭休斯依言照辦，巴克馬上揚揚得意地笑著，輕輕快快跑到隊伍前頭的領袖位置。馭狗夫繫上牠的挽繩後雪橇隊立即出發，在兩名男子奔跑陪伴中衝上河道。

儘管馭狗夫先前就曾以兩個魔鬼的形容，給予巴克極高的評價。但一天還沒過完多少，他已發現自己委實低估牠了。巴克一舉挑起領袖的職務；這個職位需要判斷力，和敏捷的思考與行動，而牠的表現甚至比法蘭休斯一向認為無可匹敵的史匹茲更優異。

但巴克最厲害的地方是在頒布法律並要牠們奉行。達夫和索列克不在乎領導權移到誰手上；那不關牠們的事。牠們的正事是辛勤工作；套著挽具任勞任怨地做苦工。只要不受干擾，出了什麼事牠們都不管。要是能夠維持秩序，讓好脾氣的比利領導大家牠倆也願意。然而隊上的其他成員在由史匹茲管理的最後這段日子裡，已經變得無法無天，現在巴克著手整頓紀律，真是大出牠們意料之外。

派克緊跟在巴克後頭，除非迫不得已，從不肯多使半分勁兒在工作上的派克，很快地就因為混水摸魚而一再受罰；頭一天還沒過完，牠所耗的拉車力氣已經比這一輩子加起來還多。這一個夜晚，性情乖戾的喬伊在營地裡受到狠狠地處罰——那是史匹茲一直做不到的事。巴克純粹利用優越的體重優勢去壓牠、傷牠，直到牠停止亂咬，開始咿咿唔唔地討饒才放牠一馬。

於是，整個隊伍的步調很快又好轉起來，恢復以往整齊劃一的協調性，拉起車來全隊奔躍的腳步又像只有一條狗在奔躍了。到了滑冰險灘，隊上又補進兩條當地的哈士奇犬提克和古那；而巴克用以馴服牠們的速度之快，簡直叫法蘭休斯歎爲觀止。

「再沒有一條狗能像巴克一樣了！」他嚷著：「絕對，絕對沒有了！我發誓，牠值一千塊！依你看呢，裴洛？」

裴洛點頭同意。這時他已超前紀錄，而且超前的幅度正逐日加大。沿途的路況好極了，不但已經完全冰封，而且被踏得很結實，又沒有剛飄下的雪要對抗。天氣不算太冷。自從氣溫降至零下五十度後，全程就一直維持在這個溫度。兩名男子輪流著或搭雪橇、或帶隊跑，除了偶而滯留一下，這些狗整天都在跳躍前進。

三十哩的河面結了厚厚的一層冰，當初來時花了十天才跑完的路，現在離去時才只用一天時間。從雷伯其湖邊到白馬湍流間的六十哩路，牠們一口氣跑完。穿越馬須、塔吉須和貝澄特這七十哩的湖泊路時，牠們健步如飛，害得那個輪到下來跑的人只能抓著一條繩索末端，跟在雪橇後面被拖著走。到了第二週的第二個夜晚，牠們抵達白隘口，就著史卡威城❶和腳底下的船舶燈光奔下海灘斜坡。

❶ Skagway：阿拉斯加東南部之一市鎮。

這是一趟紀錄之旅。十四天的奔波中，他們平均每天跑四十哩路。法蘭休斯和裴洛有三天時間在史卡威的大街上神氣地昂首闊步，各方邀飲紛至沓來；而他們的狗隊則是一波接一波的馴狗人和狗橇旅行者崇拜的中心。後來有三、四名企圖洗劫全城的大西部惡徒被像胡椒罐一樣射擊得渾身是洞，做爲其惡行的報應，大家的興趣才轉移到別的對象上。接著官方的命令到了。法蘭休斯把巴克叫到眼前，雙手環抱著牠灑下了淚水。那是裴洛和法蘭休斯最後一次出現在牠面前。就像其他的人一樣，他倆永遠走出巴克的生命中。

一名蘇格蘭混血兒接掌了牠和牠的伙伴，並結合另十二支狗隊踏上返回道森的疲憊路途。如今再也沒有輕快的奔跑，更不是創紀錄時間，而是每天拖著沈重的東西做艱辛的苦工；因爲這是郵務列車，載著來自各地的音訊，要送到那些在極地陰影下尋金的人們手上。

巴克不喜歡這差事，但牠還是盡心工作，學習達夫和索列克的態度以它爲傲，並負責讓自己的同伴（不管牠們是否以這工作爲傲）做好份內之事。這是一種單調的生活，運作得有如機械般規律。每一天跟另一天之間都十分相似。每天早上廚子在固定時間起床、生火，大家吃早餐。接下來有人拆營帳，有人給狗套韁繩，然後在黑暗中散去、顯示黎明將至前的一個小時左右前上路。到了晚上，紮好了營，有人張好帳棚，有人砍柴薪和舖床用的松枝，還有人挑水、取冰以便烹飪。此外，還要給狗餵食。對牠們而言，這是每一天不變的情節；不過吃完魚後，和其他總數一百餘條的狗在附近游蕩個把個鐘頭，倒也是件挺舒服的事。牠們之中也有幾名兇狠的鬥士。不過在和其中最驍勇的幾條打過三場仗之後，巴克順利取得霸權，因此每當牠豎著毛、齜牙裂嘴，牠們都會避開牠避得遠遠的。

或許，在所有的事當中，牠最喜歡的便是後腿蹲坐、前腳伸直，趴在火堆邊邊著雙眼，如夢似幻地盯著火光瞧。有時候，牠想起米勒法官那幢座落在驕陽遍地的聖塔克萊拉谷中的大宅，還有水泥游泳池，和墨西哥無毛犬伊莎貝兒，以及日本哈巴狗嘟嘟。不過牠更常回憶起那名紅衫男子，克麗的死亡，與史匹茲偉大的一戰，以及牠所吃過或者頗願一嚐的好東西。牠不是在害思鄉病。陽光大地已經非常遙遠而模糊，這些記憶對牠毫無影響力。相對的來自世代相傳的記憶對牠的控制力反而大得多；它使牠對於一些從未見過的事物懷有一股朦朧的熟悉感。另外還有後來已經泯滅，而在更後來，卻又於牠體內加速復甦的種族天性（它們原只是變成了習性的祖先記憶）也一樣。

有時當牠趴在那兒，瞇著眼睛如夢似幻地對著那火焰，感覺那彷佛是另一堆火的火焰。而當牠趴在這另一堆火旁時，牠眼中看到了另一個和眼前這名混血兒廚子截然不同的人。這人的腿很短、手很長，全身肌肉與其說是均稱突出，不如以筋肉發達、塊塊纍纍形容更恰當。他的頭髮極長、糾纏紊亂，頭部自雙眼以下向後斜削，嘴裡發出奇怪的聲音，似乎非常害怕黑暗。一旦進入暗地裡，眼睛就不斷凝視，垂在膝蓋和兩腳之間的手中緊緊握住一根尾端綁著塊沈重石頭的棒子。他的身上幾近全裸，背後掛著一小張被火烤焦的破爛獸皮，而身上卻長了許多毛，從胸口到肩膀、順著手臂、大腿外側等處都是毛茸茸的。他並非挺直站立，而是從臀部以上的軀幹向前彎，雙腿在膝蓋處屈曲。他的身體有一股幾乎像貓一樣的彈性，或者該說是彈跳力，以及一種和生活在對可見與不可見事物長期恐懼中的人一般的敏銳警覺。

在另外幾次裡，這毛茸茸的人把頭埋在兩腿間，蹲在火堆旁睡覺。這些時候，他的手肘總是拄在膝蓋上，雙手在頭部上方緊緊互握，彷彿要靠毛茸茸的手臂來遮雨似的。而越過火堆，在環繞的黑暗中，巴克看到許多閃爍的黑炭，兩兩成對；總是兩兩成對；巴克知道那是掠食型龐然大獸的眼睛。牠可以聽到牠們的身體穿過矮樹叢時的摩擦聲響，和在夜晚發出的聲囂。瞇著懶洋洋的眼睛望著爐火，在育康河畔夢見那地方，這些屬於另一世界的聲音與畫面，往往使牠的毛由背脊、沿肩膀、根根倒豎到頸部，直到牠壓抑地低聲嗚咽或輕吼，這時那混血兒便會對著牠大吼：

「喂，巴克，快醒醒！」於是，那另外一個世界倏忽消失無影，真實的世界回到牠眼裡，牠便站起身來打著呵欠、伸伸懶腰，彷彿剛睡過一覺似的。

這是一趟辛苦的旅程，後面拖著郵件，沈重的工作把牠們累垮了。等牠們趕到道森時，大家都瘦了，健康情況也不佳，起碼應該休息個十天或一週才行。然而，兩天不到，牠們竟又拉著整列雪橇寄到外地的郵件由貝勒順育康河岸而下了。狗兒疲倦，趕狗人滿腹牢騷，更糟的老天爺竟然天天下起雪來。這意味著牠們得走鬆軟軟的路，對於雪橇滑刀的摩擦會嚴重得多，對狗來說拉起車將更吃力；儘管如此那些趕狗人還是相當通情達理，對於這些牲口都會盡可能幫助。

每天晚上這些狗都會先受到照料，狗吃完了東西人才吃飯，沒替自己所趕的狗好好檢查過腳以前，那些狗車夫也不會自己倒頭先睡。然而，牠們的體力還是大不如前。入冬以來，牠們已經拖著雪橇，跋涉過累人的一千八百哩；縱使是再粗壯的動物，一千八百哩的奔跑也會累垮。巴克支撐下來了；雖然自己也非常疲憊，仍舊整頓同伴工作，並維持良好紀律。比利每晚固定在睡眠中哀號、嗚咽，喬伊脾氣比起以往更加乖戾，索列克更是不管有瞎沒瞎的一邊都不許人靠近。

但吃苦最多的還是達夫。牠不知出了什麼毛病，情緒變得更陰沈，更加暴躁易怒。每次剛一紮營，牠立刻挖好自己的窩，晚餐得由駕馭牠的車夫親自送到那兒，一旦卸下挽具躺下來，不到次日早晨繫挽繩時牠絕不再起來。有時候繫在挽繩上的牠被雪橇突如其來的停滯一扯，或因車隊出發時拉動，會讓牠痛得大叫起來。馭狗夫替牠詳細檢查，卻看不出什麼端倪。所有的狗車夫都變得對牠的情況十分關切，早餐時間也討論這事，就寢之前抽最後一支菸時也商議這事，甚至有天晚上還舉辦了一場會診。他們把牠從窩裡帶到營火邊，東壓壓、西刺刺，折騰得牠多次哀號。牠的身體的確是出了什麼毛病了，但他們找不出有什麼地方骨折，也弄不清問題究竟出在哪裡。

等他們到達卡瑟沙洲時，牠的身體已經孱弱到一再在拉車時跌倒。蘇格蘭的混血兒叫了暫停，把牠牽出狗隊，將前面一隻狗索列克繫到雪橇之前。他的用意是想讓達夫休息休息，跟在雪橇後面自由奔跑就好。儘管病得這麼重，但達夫還是很懊惱被人牽出來，當車夫解開挽繩時牠一直咕嚕嚕地低吼，看到索列克佔去自己長久服役的位置更是傷心得嗚嗚低泣。由於達夫是那麼深深以拉車、趕路為榮，就算病到快死，牠也受不了由別的狗來做牠的工作。

雪橇一啟程，牠馬上在被踩平了的車道旁邊柔軟的雪地上亂跳亂撞，用牠的牙齒攻擊索列克，想要把牠擠到另一的軟雪上，並且奮力往自己的挽繩裡跳，好站到牠與雪橇之間，並不時發出悲傷、痛楚的低呼、高吠和哀號。混血兒試圖以長鞭將達夫趕開，但牠對於刺痛的鞭打卻相應不理，混血兒也不忍心更用力抽牠。達夫拒絕靜靜跟在跑起來輕鬆的雪橇後奔跑，反而繼續沿路在軟雪堆裡腳蹬又跳，直到筋疲力盡而跌倒，躺在那兒，望著滿峻攬著積雪前進的長長雪橇車隊哀痛地狺狺作吠。

牠使盡最後殘存的力氣，竭力蹣跚地跟在後頭，直到車隊再度停下，牠便躍過多部雪橇到達自己的雪橇車前，站在索列克旁邊。牠的車夫耽誤了一下，向後頭的人借個火、點個菸，然後回來趕自己的狗出發。牠們在雪徑上左右擺動，顯然使出的力發揮不了作用，於是不安地回過頭來，驚訝得停止動作。車夫也很吃驚；整部雪橇根本不曾移動半分。他把伙伴們喊上前來親眼看看這景象。原來達夫已經咬掉繫在索列克身上那兩條挽繩，站在雪橇前面自己專有的位置。

牠用眼神哀求著要留在那兒。狗車夫迷惑了。他的同事們談到一條狗是多麼可能因為被擯棄於自己的工作之外，導致心碎而死。同時他們立即想起自己知道的好些例子：某些受了傷或老得不能做苦工的狗，因為被終止拉車的後而死亡。此外他們認為既然達夫無論如何就快死了，那麼何妨發發慈悲，讓牠安安心心、心滿意足死在拖車行列中。因此牠再度被套上挽具，雖然不止一次因內傷的啃噬而不由自主地哀號出聲，仍然像過去一樣驕傲地拉著雪橇。好幾次牠跌倒了，在挽繩間被拖著跑，甚至一度被雪橇輾過，爬起來以後便跛掉一隻後腿了。

但牠仍一路苦撐到營地，牠的車夫替牠在火堆旁弄好一個宿處。隔天早上，牠已經虛弱得完全不能路途奔波了。到了套挽具時候，牠勉強朝自己的車夫爬去，在幾番抽搐的努力後終於站起來、搖搖晃晃、又不支倒地。於是牠緩緩朝狗車夫正替同伴們繫挽繩的地方蠕動爬行，先將兩隻前腿向前伸出，再以一種急扯的動作把身體拖上來，同時將前腿再向前伸，往前彈出幾吋。牠的體力全失，當伙伴們最後一眼看見牠時，牠正躺在雪地裏喘著氣，嚮往地望著牠們。然而一直到牠們走到一個河邊的樹地帶，再也看不到牠時，都還聽到牠在哀哀地長嚎。

這時車隊煞住了。蘇格蘭混血兒踏著來時的足跡，慢慢走回營地。人們停止交談。一聲左輪槍聲響起，那人三步併做兩步趕回。長鞭「啪！啪！」抽動，鈴聲輕快地叮噹響，雪橇翻動雪花沿著雪徑行進；但巴克知道，所有的狗也都知道，在那片河邊的樹林地帶發生了什麼事。

第五章・拉車與趕路的苦工

離開道森三十天後，大洋郵務車隊在巴克及牠的同伴前導下抵達史卡威。牠們情況極差，疲憊得形銷骨立。原本有一百五十磅重的巴克瘦到只剩一百十五磅，其他的同伴們雖然原本就比較輕，失去的體重相形之下卻佔較高比例。善於裝病的比利在大半輩子的欺騙生涯中，總是能夠成功地僞裝傷了某隻腳，現在卻是眞眞正正地跛了。索列克也是跛了腳，塔布則是深受肩胛骨扭傷之苦。

牠們的腳都痠疼得要命，再也撲躍、騰跳不動了。走在雪徑上步伐沈重、身體搖撼，使得一天的疲勞加倍。除了累得要死，牠們沒有別的毛病。這股要命的疲倦並非經由短暫的過度勞動而來。如果是因爲那樣，幾個小時也就可以復原了。然而這要命的疲倦卻是因爲連續好幾個月，慢慢一延伸再延伸的體力耗損所導致。牠們沒有留下一點恢復元氣的力量，也沒有保留復原所需的體力。那些全都耗光了，連最後一絲絲也不剩。每條肌肉、每根纖維、每個細胞都疲乏了；疲乏得要死。那是有原因的。在短短不到五個月內，牠們已經跋涉兩千五百哩，而後頭的那一千八百哩，牠們才只休息過五天。抵達史卡威時，牠們顯然是快要支持不住了。這些狗幾乎繃不緊挽韁，在下坡路段更得努力設法不被下衝的雪橇從後頭撞上。

「加油啊，可憐腳酸腿疼的傢伙們，」來到史卡威大街時，馭狗人鼓舞牠們：「走完這最後一段，然後我們就可以有個長長的休息，哈？一定！又長又痛快的休息。」

狗車夫們都滿懷自信地預期能夠在中途停留好一段時間。他們自己已經跑了一千二百哩！才只休息過兩天，給他們一段休息時間消磨消磨也應該是天經地義、理所當然的。

然而，近來湧入克朗岱克的人是那麼多，又有那麼多情人、妻子、親戚沒跟過來。因此，待運的郵件已然堆積如山；另外，官方也有命令下來。幾批精神奕奕的哈得遜灣犬隻即將取代這些一文不值的狗從事拉橇工作，至於那些沒用的狗乾脆甩掉。再基於拿狗和金錢比，相形之下顯得微不足道，所以要將牠們出售。

三天過後，巴克和牠的同伴們才真正發現自己疲倦、虛弱到什麼程度。接著到了第四天早上，兩名來自國內的男子前來賤價買下牠們和挽具等等所有配備。這兩人互稱對方爲哈爾和查理斯。查理斯是個中年人，膚色略淺，兩眼水汪汪的透著軟弱味道，一把虬髯猛烈糾纏、虎虎生風地向上翹，拆穿了掩藏在髭子下那看似軟弱下垂的嘴唇其實並非那麼優柔。哈爾是個十九、二十啷噹的青年，腰間的皮帶上束著一把柯爾特（Colts）左輪手槍和一把獵刀，並裝滿了鼓鼓的子彈。這條腰帶是這人全身上下最惹眼的東西，宣告著他是個初出茅廬的小伙子——一個徹頭徹尾、絕無疑問的嫩小子。他倆顯然都不適合這種地方；為什麼冒險跑到北方來，實在是令人費解的神秘事情。

巴克聽到討價還價聲，瞧見金錢在那人和政府代理人之間轉手，知道那蘇格蘭混血兒和郵車車夫們正繼裴洛與法蘭休斯、及從前那些不見了的人之後走出牠的生命。在和同伴們一起被趕到新主人的營地後，巴克看到的是一片邋遢、凌亂，帳篷半張，餐具未洗，所有東西都雜亂無章；另外，他還看到一名婦女，兩名男子叫她梅瑟迪絲，是查理斯的妻子，哈爾的姊姊——一個難以取悅的家庭團體。

巴克憂心忡忡地看著他們繼續拆帳篷，把東西裝到雪橇上。瞧他們的樣子似乎頗費周章，卻沒有一點辦事方法。帳篷捲成難看的一團，足足為應有的體積三倍大，鐵盤也沒洗就打包了。梅瑟迪在兩名男子之間忙亂地跑來跑去，不斷嘮嘮叨叨地提出規勸和建議。當他們把一大袋衣服放在雪橇前頭，她就建議應該放在後面；等他們當眞擺到後面，又在上頭堆起兩三包其他物品，她又發現有幾樣——除了那個袋子——無處可放的東西忘了收進去。於是，他們只得再將堆上去的東西搬下來。

鄰近帳篷的三名男子跑出來觀望，彼此嘻皮笑臉、互相使眼色。

「看來你們的東西已經裝載得差不多了。」其中一人表示：「照理說你們的事輪不到我多嘴，不過如果換作我是你們的話，就不會載那帳篷上雪橇了。」

「做夢都想不到！」梅瑟迪絲嬌滴滴地發起慌來，揚起雙手尖叫：「要是沒有帳篷，我可怎麼辦好？」

「現在是春天了，你們不會再遇上更冷的日子。」那人回答。

梅瑟迪絲斷然搖頭，查理斯和哈爾把最後幾樣零星雜物放到已經堆積如山的雪橇上。

「那樣跑得動嗎？」一名男子問。

「爲何不能？」查理斯頗爲簡慢地反詰。

「噢，沒什麼，沒什麼，」那人趕緊溫順地說：「我只是好奇，如此而已。感覺上好像有點頭重腳輕啊！」

查理斯轉身盡可能將綑綁的皮繩往下扯緊，結果效果並不佳。

「而這些狗自然能拉著後頭那新巧的玩意兒長途跋涉一整天嘍。」第二名男子說。

「當然，」哈爾帶著極其冷淡的禮數回答，一手握著方向桿，一手抖動長鞭，吆喝：「走！快走！」

那些狗頂著胸前繫帶踴躍，繩子被繃緊了片刻便鬆弛下來。牠們拉不動那雪橇。

「懶畜牲，看我好好教訓牠們。」他大吼著，預備抖動長鞭狠狠抽牠們。

但梅瑟迪絲哭著干涉了。「噢，哈爾，不行。」她握住鞭子，猛力想自他手中扭扯下：「可憐的寶貝！你必須答應這一路上都不許冉鞭打牠們，否則我就一步也不肯走。」

「妳對狗還懂得眞多呢，」她老弟嗤之以鼻：「我要妳少管我閒事。告訴妳，牠們是在偷懶，不打牠們休想叫牠們做什麼事。那就是牠們的習性。妳去問問任何人；問問那幾個人裡的任何一個。」

梅瑟迪絲哀懇地望著那三名男子，漂亮的臉上流露出對那痛苦場面的無限厭惡。

「坦白說，牠們孱弱得像水一樣，」其中一名男子答覆：「問題是牠們早就徹底累垮了，需要休息一頓。」

「休息個屁！」嘴上無毛的哈爾說；而梅瑟迪絲則對他的咀咒報以一聲痛苦而憂傷的：

「喔！」

不過，她是個很有家族精神的人，馬上挺身爲自己的弟弟撐腰。「別管那個人怎麼說。」她挑明了表示：「你趕的是咱們家的狗，認爲怎麼做最好就對牠們怎麼做。」

哈爾的鞭子再度落在狗隊身上。牠們抵著胸前繫帶，四肢深深蹬進積雪裡，全力往前頂，雪橇卻像錨一樣屹力不搖。再經過兩次努力之後，牠們佇立在那裡猛喘氣。長鞭咻咻怒響，梅瑟迪絲不禁再度干預。她淚眼盈眶地跪在巴克面前，摟著牠憐惜地嚷著：

「你們這些可憐——可憐的寶貝，爲什麼不用力拉呢？——那麼你們就不會挨鞭子了。」巴克並不喜歡她，不過，牠已經慘得既沒心情也沒力氣去反抗了，姑且就把這當成是那天惡劣工作的一部分吧。

三名旁觀者之中，有一個原本始終咬著牙、強把到口的話壓下來，這時開口了：

「我倒是一點也不在乎你們會怎麼樣啦，不過爲了那些狗，我想告訴你一句，只要你把雪橇從積雪中起出來，對那些狗會有莫大幫助。把你全部的力量投在方向桿上，左一下、右一下，很快就能起出雪橇。」

哈爾第三度嘗試，不過這次他聽從建議，把原先被冰固在雪堆中的滑力起出。那因負載過重而不易控制的雪橇終於徐徐前進，巴克和牠的伙伴們在如雨點般落下的鞭打中拚命努力。小徑在一百碼外轉彎，同時陡峭地斜下大街。要想讓那頭重腳輕的雪橇維持四平八穩非得靠個經驗豐富的御者不可，而哈爾絕非適當人選。就在牠們到轉角處轉彎時，雪橇傾向一邊，上面載的東西從沒繫牢的長繩間掉下一大半。那些狗一步都不曾稍停，後頭還拖著重量減輕許多的雪橇在傾斜著彈跳前進。牠們因為剛剛受到的虐待和不合情理的載重而生氣了。巴克火冒三丈了。牠帶頭奔跑，整個隊伍也都追隨牠的領導。哈爾「嚇！嚇！」地高喊，牠們卻理都不理。他腳下一絆，整個人就被拖倒了。翻覆的雪橇從他身上輾過，狗隊繼續衝上街頭，在沿著史卡威的通衢要道灑下剩餘的裝備之餘，也替當地人們平添不少餘興。

好心的人們勒住了狗隊，並替他們拾起掉落的物品，同時提出忠告。依他們之言，如果他們還想到達道森，就得減少雪橇上一半的負載，增添一倍的狗。哈爾和他的姊姊、姊夫不甘不願地聽從他們的建議紮營，仔細檢查自己的裝備。當人們看到那些罐頭食物都不由得哈哈大笑，因為罐頭食物在長途跋涉中是最不切實際的東西。「毛毯數量夠一家旅館用，」一名笑著幫忙的男子說：「只帶一半都嫌太多；扔了吧。那頂帳篷要丟掉，還有所有的餐盤一併丟了——畢竟，誰會去洗那些？老天爺，你們以為這是在做火車上的臥車之旅嗎？」

就這樣，所有不必要的東西都毫不容情地被淘汰了。當梅瑟迪絲的衣服被重重扔在地上，雪橇的物品一件接一件被拋棄，那女人開始大哭，而且是無分輕重等別，每丟一件東西大哭一陣，兩手抱膝，傷心欲絕地哭得前後搖顫。她揚言自己絕不再走半步；就算爲了十二個查理斯也不。她對每個人、每樣東西懇求，最後終於擦擦眼淚，動手把連不可或缺的衣物照樣往外丟。在情緒激昂中，她丟完了自己的東西，又去攻擊丈夫、弟弟的物品，像陣龍捲風似的掃得一精二光。

等這些過程進行完後，他們的裝備雖然已淘汰一半，但還是剩下令人望而生畏的一大批。那天傍晚，查理斯和哈爾出去買了六條外地狗回來，加上狗隊裡的六條元老，還有在創紀錄之旅途中從滑冰險灘購得的提克和古那，這支雪橇隊中就有十四條狗了。然而，這些外地狗雖然打一上岸起就經過實際的訓練，卻派不上什麼大用場。其中三條是短毛嚮導犬（獵犬的一種），一條紐芬蘭犬，另外兩條是無法肯定品種的混血（雜種）狗。這些新加入的成員似乎什麼都不懂。巴克和牠的同伴們都很討厭牠們，雖然牠很快地教會牠們該站那裡、什麼事不能做，卻教不來牠們該做什麼。牠們對於趕路、拉車的事不太能夠接受。除了那兩條混血狗，牠們全被自己置身的陌生、野蠻環境，以及所接受的虐待而精神渙散。至於那兩條混血狗根本就是一副萎靡不振的德性；根本幫不了什麼忙！

有了這六條既沒用、又別奢望能有什麼進步的新成員，加上那群已因連續迢迢跋踄二千五百哩而耗盡體力的老將，他們的前程顯然是很暗淡了。然而，那兩名男子還是相當快活，並且揚揚得意。帶起這十四條狗，他們可派頭嘍。他們看過不少雪橇越過隘口出發前往道森，或者由道森城出來，卻沒看過哪個雪橇隊有十四條狗這麼多。在北極之旅中為何不帶十四條狗自然有其道理；理由是一部雪橇車裡帶不了十四條狗的食物。可是查理斯和哈爾不懂這些。他們用一支筆規劃出這整趟旅程；一條狗吃這麼多；有這麼多條狗；要走這麼多天；好啦！一目瞭然囉！梅瑟迪絲從他們的肩膀後頭拉長脖子張望著，好像明白了，點點頭，很簡單嘛！

第二天天色大亮後，巴克才帶領整個隊伍走上街頭。牠和牠的同伴都沒有什麼勁頭與活力，行進之間死氣沈沈。牠們正趨向徹底的困乏。巴克已經在由大洋至道森這條路之間奔波過四趟，疲憊而又困頓的牠知道自己又再一次面對相同的路徑更覺得痛苦難捱。牠無心工作；其他的每一條狗也都一樣。那些外地狗既膽小又害怕，而本地狗對牠們的主人更沒半點信心。

巴克隱隱約約覺得這二男一女靠不住。他們不懂得如何去做任何事。而隨著時間一天天過去，更明顯看得出他們無法學習。他們做什麼事都很散漫，沒有一點秩序或紀律。馬馬虎虎紮個營要花大半夜工夫，拔營、裝載裝備也得磨菇掉半個早上，皮繩綁得又是鬆垮垮的，所以路上老要走走停停好把載運的東西重新整理一番。有時候，他們一天行進不到十哩，另外那些日子則是根本無法出發，沒有一天能夠達到兩名男子用以做為計算狗食標準的一半里程。

照這樣下去，狗食短缺自然是無可避免了。而他們卻以過度餵食來加速這種窘況的來臨，使得狗群吃不飽的日子提前來到。那些外地狗的胃口不曾接受能讓食量大幅減小的長期飢荒磨練，吃起東西總是貪得無厭。除此之外，哈爾眼見那些精疲力竭的哈士奇拖起車來有氣無力，又斷定一定是平時吃得太少了，所以給予牠們雙倍食物。梅瑟迪絲也來錦上添花；每當她淚漣漣、語顫顫地說盡好話，仍然無法誘使他再多給那狗一點吃的時，便從魚袋裡偷些出來私下餵牠們。可是巴克和哈士奇狗們所缺的並非食物，而是休息。儘管牠們行路遲緩，身後拖行的重負還是劇烈地耗損牠們的體力。

緊接著塡不飽肚子的日子來了。哈爾有一天終於清醒過來，面對狗糧已去了一半，行程卻還走不到四分之一的事實；更要命的是，無論付出多少代價都無法再取得額外的狗食。所以他一面把食物分量縮減到比正常分量都還少，一面力求增加每天的行程。他的姊姊和姊夫都附和他的意見，然而這個計畫卻因那一雪橇沈重的行李和他們自身的無能而受挫。少給狗食簡單，想讓狗走快一點卻是根本不可能；由於他們缺乏每天早上早點弄妥上路的能耐，狗隊也就無法多趕幾小時的路。他們不但不懂得如何差遣狗工作，也不懂得如何讓自己工作。

首先報銷的是塔布。可憐的牠雖然是個笨賊，老是被人逮到受罰，在工作上卻一樣盡忠職守、善盡本分。由於牠那扭傷的肩胛骨既沒醫治，又沒休息調養，傷勢一天比一天沈重，最後終於被哈爾用那把柯爾特大手槍給射殺了。

本地有句俗話，說外地狗只吃和哈士奇同樣份量的食物必會餓死。因此，巴克手下那六條只吃哈士奇基本一半分量的狗自然更活不下去了。最先餓死的是那條紐芬蘭犬，三條短毛嚮導犬繼之，兩隻混血狗雖然多苟延殘喘數日，最後還是沒命了。

到這時候，那三個人身上所有南方人的修養、和善全都蕩然無存了。失去迷人魅力與浪漫色彩的北極之旅，在他們的男子氣概和女性氣質之前變成一個太過嚴酷的現實。梅瑟迪絲停止為狗哭泣，一心一意只顧替自己揮淚如雨，還有和她的丈夫、小弟吵架。

吵架是他們唯一永不厭煩的事情。他們的怒氣因悲慘的處境而生，隨它增劇，與它共存，甚至超越它之上。有些人對於雪中跋涉具備驚人的耐力；他們做盡苦工、嚐盡苦頭，還能言語溫婉，態度和善；而在這二男一女身上卻看不到一點這種耐力的痕跡。他們全身僵硬、痛苦，肌肉發疼，骨頭發痛，心更痛得厲害；由於這樣，他們變得言語刻薄，由早上起床第一句話、到晚上睡覺前最後一句話莫不如此。

只要梅瑟迪絲一不留神，查理斯和哈爾隨時都會起口角。他倆各自懷抱一種信念，認爲自己做的工作比對方多，而且一逮著機會就把這信念掛在嘴上。梅瑟迪絲時而附和丈夫，時而支持弟弟，最後結果總是一場熱鬧精采、沒完沒了的家庭爭吵。從該由誰去砍點柴回來生火的小口角（僅僅牽涉到查理斯與哈爾二人的鬥嘴），一下子就發展成把遠在十萬八千里外的父母叔伯、姑表親戚全給扯進來，連已經死了的都沒放過。結果哈爾的藝術觀點、他舅舅編寫的社會劇類型，竟然都能莫名其妙地跟砍那區區幾根柴薪扯上關係；然而更經常發生的情況卻是朝向查理斯的政治偏見方面吵起來。而唯一會引起梅瑟迪絲興趣的話題是查理斯之妹那條到處煽風點火的長舌，應該很適合拿到育康河來生火。每當談到這主題，梅瑟迪絲就會滔滔不絕地一吐爲快，偶而還附帶提到他丈夫家族中一些特別惹她不悅的特點。吵到最後火還是沒生，營帳還是只紮到一半，狗也還是沒有餵食。

梅瑟迪絲懷抱一股特殊的不滿——女性的不滿。她美麗溫柔，一向受到男士們熱情的對待，然而眼前她丈夫和弟弟對待她可沒有一點點騎士風範。她柔弱無助慣了，可是現在他們爲了這個抱怨她。針對他們對她最基本的女性特權加以指責，她也把他們的日子搞得雞飛狗跳。她不再理會那些狗，再加上自己渾身痠疼又疲累，所以堅持要坐在雪橇上。她的確美麗溫柔，可是卻有一百二十磅的體重——對於那些又虛弱又飢餓的牲口來說，不啻是雪上加霜了。她一連搭乘好幾天的雪車，直到有一天那些狗拖著拖著沒有力氣往前拉了，雪車靜靜立在原地不動。查理斯和哈爾乞求她下車步行，低聲下氣求她、拜託她，而她卻灑著淚，反覆再三地向上天數落他們的野蠻。

有一次，他們費盡全力把她弄下雪橇；不過這種事不會再有第二次了。她像個被寵壞了的孩子似的，拖拖拉拉地走沒幾步就往雪徑上一坐。他們繼續向前走，而她卻賴著不動。在趕了三哩路之後，他們只好卸下雪橇上的物品回來接她，大費周章地把她抱回雪橇上。

在本身過度淒慘潦倒的情況下，他們對於牲口所受的苦也變得無動於衷。根據哈爾實施在別人身上的理論，生而爲人必須剛毅堅強。他曾著手向他的姊姊、姊夫灌輸這套理論。灌輸不成，他便用棍棒把它植入狗群腦袋。到了五指灘，狗糧已經全部消耗完，一名掉光了牙齒的老太婆提議以幾磅的冷凍馬皮，換取一直伴著大獵刀插在哈爾腰側的柯爾特左輪手槍。這馬皮是六個月以前從畜牧業者那些餓死的馬匹身上剝製的，是極差的狗糧代用品。從它的冰凍狀態看來，更像一條條電鍍的鋼板。當一條狗好不容易把它吞下肚裡後，它就融化成幾片毫無營養的薄皮，和一團既具刺激性、又難以消化的短毛。

自始至終，巴克都像身在夢魘中一般帶著隊伍蹣跚前進，在拖得動挽繩的時候他就盡量拖，拖不動時就倒在地上，等鞭子抽到身上或棍子打來後再站起來。牠的毛髮的亮麗與硬挺盡失，長毛軟弱下垂、又髒又溼，還東一塊、西一塊地，凝結著被哈爾棍棒打傷的血漬。牠的肌肉已經消瘦成糾結的線條，厚實的肉塊也都蕩然無存，因此每一根肋骨、每一塊骨頭，都能透過裡頭空空如也、皺得一褶一褶的鬆垮表皮清楚看出它們的輪廓。這真叫人心碎，只是巴克的心是打擊不碎的；那名紅衫男子已經證實過了。

巴克的情況如此，牠的同伴們亦然，大家都是骨瘦如柴的動物。包括牠在內，牠們一共有七隻。在極度悲慘的遭遇中，牠們對於皮鞭帶來的刺痛，或者棍棒造成的瘀血變得痲木不仁。就像牠們眼裡看到、耳裡聽到的一切似乎都遙遠而模糊，挨打的痛楚也一樣。他們的生氣只剩一半；或者四分之一。他們只是幾副皮包骨，皮骨裡的生命火花微弱地搖曳。每當行進告一暫停，牠們就像死狗一樣臥倒在挽繩間，火光轉弱轉淡，就像將要熄滅了。等到棍棒或皮鞭落到身上，火花才搖搖曳曳、微微地亮起，牠們也再次搖搖欲墜地站起，踉蹌向前進。

終於有一天，溫馴的比利倒地之後再也無法站起。哈爾已經賣掉手槍，只能掄起斧頭重重敲在比利腦門上，然後把繫在牠身上的挽具割斷，將屍體拖到一旁。巴克看見了，牠的同伴也看見了，大家都知道這種事很快就會發生在自己身上。第二天古那死了，隊上只剩五條狗；喬伊，早已失去兇狠勁兒；派克，又跛又殘，神志不清，再也沒有足夠的意識去裝病；獨眼的索列克依舊盡忠職守地辛勤拉車、趕路，爲自己只剩那麼一點點的力量拖雪橇而哀慟；提克，這個冬天拉車拉得沒有其他成員遠的牠卻比牠們都疲倦，因爲牠還只是個生手；至於巴克，雖然還在前頭帶隊，卻不再強迫大家守紀律，也不力求強迫服從。半數時候牠虛弱得兩眼昏花，在影像朦朧、四肢感覺遲頓中踏雪前行。

這是美妙的春季氣候，但狗和人都沒有察覺。太陽起得一天比一天早，落得一天比一天遲。早上三點曉色已微明，晚上九點暮色才暗淡。在甦醒生物遼闊而不間歇的春季模糊之聲中，陰森森的冬日寂靜退去了。那模糊的聲響出自整片大地，滿載著生之喜悅而至。它來自在漫長的冰雪季節中，像死一般不曾活動過，而今再次甦醒、活動的萬物。松樹冒出汁液，柳樹與白楊吐出嫩芽，灌木和藤蔓也都披上新綠的外衣。蟋蟀在夜間歌唱。白天裡，所有地上走的、爬的動物全都窸窸窣窣走進陽光裡。鷓鴣和啄木鳥在林間咕咕大叫、咄咄猛敲，松鼠吱吱喳喳，鳥兒巧囀輕啼。野雁排出靈巧的楔形陣，劃破長空，在頭頂上方聲聲啼叫著自南方歸來。

每座山坡都交響著潺潺流水，還有不知何處傳來的流泉樂章。萬物都在融化、彎曲、發出嗶剝聲。育康河水也在搗鬆那將它封凍在其下的冰層。河水由下方侵蝕，陽光在上方蠶食，漸漸形成氣孔，出現裂紋，四散迸開，冰層較薄的地帶整個崩落河中。在甦醒的生物種種爆發、碎裂、與悸動中，光芒耀眼的太陽下，兩名男子，一位婦女，帶著幾匹哈士奇犬，像邁向死神的徒步旅行者般蹣跚穿過輕歎的微風。

在狗隊跌跌撞撞，梅瑟迪絲坐在雪橇上揮淚如雨，哈爾不帶惡意的咒罵，查理斯泛著憂急神采的眼光中，他們搖搖晃晃進入約翰・桑頓設在白河河口的營地內。車隊一停住，那些狗就像倒地死亡一樣趴在地上。梅瑟迪絲抹乾眼淚瞅著約翰・桑頓，查理斯坐在一段木頭上休息。由於全身僵硬，他坐得既遲緩又辛苦。哈爾上前攀談。約翰・桑頓正在為他用白樺樹枝製作的斧頭握柄削最後幾下。他邊削邊聽，漫聲回應，遇到對方提出詢問時，就給些簡明扼要的忠告。他看得出他們是什麼樣的人，雖然提出忠告，卻得清楚對方絕不會遵從。

「前頭的人告訴我們說雪徑基部正在坍陷，叫我們最好暫停前進。他們說我們到不了白河，現在我們已經到啦！」針對桑頓警告他們別再冒險踏上已經融成蜂窩狀的冰面，哈爾如此回應，最後並揚揚得意地冷哼一聲。

「他們說的是實話。」約翰・桑頓回答：「冰床隨時可能崩塌，只有傻瓜——瞎打誤撞碰上好運氣的傻瓜——才能安然度過。坦白告訴你，就算把全阿拉斯加的金子都給我，我也不會拿自己的性命在這種腐冰上冒險。」

「我想，大概因爲你不是傻瓜吧。」哈爾說：「總之，我們要到道森去。」他抖開長鞭：「起來，巴克！喂！快站起來！上路啦！」

桑頓繼續削他的斧頭握柄。他知道，介入一個傻子和他的蠢事之間，只會白費自己的力氣；反正世上多兩三個或少兩三個傻瓜，也不會改變萬事萬物的組合。

然而，狗隊並沒有在哈爾的命令之下站起來；牠們已經有好一段時間非得等鞭子落到身上才肯起身。長鞭帶著無情的使命到處呼嘯，約翰・桑頓緊咬著嘴唇。索列克首先爬起，接著喬伊也在痛苦的哀號之中起立。派克一而再、再而三地努力站起，前兩次站到一半就摔倒了，到了第三度嘗試才勉強支撐著站起來。巴克根本不去使那個力。牠靜靜躺在原先倒下的地方，長鞭一再刺痛地抽在牠身上，可是牠既不哀哀慘叫也不掙扎。好幾次桑頓猛然挺身像要說什麼，不過最後還是打消念頭。他眼角溼潤，眼看著長鞭繼續打個不停，終於站起身來，猶豫不決地踱過來、又踱過去。

這是巴克第一次失職，光是這一點就足以叫哈爾暴跳如雷了。他拿起棍棒，換掉鞭子。即使是在這麼急驟又比鞭子沈重夕了的棒打下，巴克還是不肯動一動。就像同伴們一樣，牠可以勉強站得起來，不同的是牠已經下定決心不起來。牠隱隱約約有股大難將至的感覺。這股感覺在牠帶隊來到河邊時就已經很強烈，直到現在還沒有散去。這一整天踩著薄薄的腐冰，讓牠意識到災禍彷彿近在眼前：就在牠的主人正要趕牠過去的那塊冰面上。牠拒絕活動。牠吃過那麼多苦，身上又是那麼疲乏，一棍又一棍的毆擊在牠來說都不算什麼啦。在持續不斷的棒打中，牠體內的生命火花搖曳不定、漸漸微弱，幾乎快要熄滅了。牠感到奇異的麻木，彷彿隔著遙遠的距離外，知道自己在挨打，連最微弱的疼痛意識都沒有。雖然可以依稀彷彿聽到棍棒打在身上的聲效，卻不再有任何感覺。那副軀殼好像好遙遠、好遙遠，已經不是自己的身體。

這時候，約翰・桑頓突然毫無預警地發出一聲語音不清，酷似野獸叫聲的呼吼，對準那名揮舞棍棒的男子衝過去。哈爾像被倒下的大樹擊中一樣急急後退。梅瑟迪絲高聲尖叫。查理斯擦乾溼濡的眼角憂愁地望著，卻因爲渾身僵硬而沒有站起來。

約翰・桑頓站到巴克身旁，竭力控制氣得全身發抖、說不出話來的自己。

「要是你再打那狗一下，我就殺了你。」好不容易，他終於嘶啞地撂下一句。

「這是我的狗，」哈爾走回來，抹去嘴角的血，答道：「別擋我的路，否則我會修理你。我要到道森去。」

桑頓站在他和巴克之間，分毫沒有讓開的意思。哈爾抽出他的長獵刀。梅瑟迪絲又哭又笑、大聲尖叫，陷入無可救藥的歇斯底里中。桑頓用斧頭握柄狠狠敲在哈爾的手指關節上，把獵刀打落在地。當他試圖撿起長刀時，桑頓又再敲他一記，然後自己彎腰拾起，割斷繫在巴克身上的兩條挽繩。

哈爾已經近失所有鬥志。更何況他的兩手，或者該說兩隻手臂都被自己的姊姊牢牢抓著；再者巴克已是奄奄一息，在拖雪橇方面也派不上什麼用場了。

幾分鐘之後，他們由河岸拉對往河面上走。巴克聽到他們離去的聲音，抬起頭來瞧瞧。派克負責帶隊，押陣的是索列克，喬伊和提克在中間。牠們全都瘸腳拐腿、搖搖欲墜。梅瑟迪絲正往載著一大堆東西的雪橇上爬，哈爾握著方向桿指揮，查理斯跟在後頭跌跌絆絆地掙扎前進。

巴克目送著他們離去，桑頓跪在牠身邊用粗糙而和善的雙手，摸索牠身上有哪些骨頭被打傷。結果除了多處瘀血，還有巴克驚人的飢餓狀態，並沒其他的發現。

此時雪橇已經走到四分之一哩外。這一人一狗同時注視著它在冰面上緩緩移動。突然間，他們看見它的尾端往下陷，掉入一道雪溝裡，而被哈爾緊緊抓著的方向桿，卻猛然翹到半空中。耳中傳來梅瑟迪絲的尖叫。他們看到查理斯轉身向後跑了一步，整段冰層立即裂開，四條狗、三個人瞬間消失蹤影，只見到一個正在裂開的大洞。這條雪徑的冰床已經崩潰了。

約翰・桑頓和巴克彼此注視著對方。

「唉，你這可憐的傢伙！」約翰・桑頓歎道；巴克舔舔他的手。

第六章・只為愛他

去年十二月，約翰・桑頓凍傷雙腳後，他的伙伴們替他弄了個舒適的環境讓他養傷，然後繼續沿著河道往上走，以便鋸木造筏之後到道森去。在他拯救巴克時，走起路來還有點跛。不過隨著天氣持續溫暖，連這一點點跛也痊癒了。而此時，巴克躺在這河畔度過漫長的春季，望著奔流的水勢，悠悠閒閒地聽著鳥兒歌唱，還有大自然嚶嚶嗡嗡的活動聲，慢慢恢復原來的體力。

在經過三千里長途跋涉，能夠休息一陣真是棒透了。坦白說，隨著傷勢漸漸痊癒，巴克的身體也時慢慢健壯起來，肌肉鼓脹，骨頭四周也慢慢長回不少肉，不再是一隻皮包骨了。說到這點，他們——巴克、約翰・桑頓、以及絲吉特和尼格——全都是悠哉游哉地消磨時光，等著要載他們前往道森的木筏到來。絲吉特是條小愛爾蘭獵犬。早在巴克還在垂死邊緣，對牠的親近無法大發脾氣時，絲吉特就和巴克交起朋友了。牠具備某些狗所擁有的醫生特質；就像母貓爲自己的孩子潔淨身體一樣，牠把巴克的傷口舔得乾乾淨淨。牠每天固定在巴克吃完早餐後，前來履行自我指定的工作。最後巴克竟像期望看到桑頓一樣，望眼欲穿地盼著牠來侍候自己。大黑狗尼格也同樣友善，只是不那麼輕易流露感情。牠是條半偵查犬、半獵鹿犬的雜種狗，兩隻眼睛蓄滿了笑意還有無限的溫和。

令巴克驚訝的是這兩條狗對牠沒有半點醋意，牠們似乎共同分享著約翰・桑頓的寬大與慈愛。等到巴克身體漸漸強壯起來，牠們便誘使牠一起玩種種好笑的遊戲，桑頓自己也常常忍不住加入其中。就這樣，巴克嬉笑玩鬧地度過牠的復元期，進入新生。愛，牠生平第一次有了真摯熱烈的愛。在米勒法官位於陽光遍地的聖塔克萊拉谷的府邸內，牠從未有過這種體驗。牠和法官的孩子們一起狩獵、步行，彼此之間是工作伙伴的關係；和法官的孫兒孫女在一起，則是隆重地善盡保護職責；而與法官之間，則是一場高貴莊嚴的友誼。但熱烈、燃燒，那崇拜、瘋狂的愛，即是直到遇上約翰・桑頓才被喚起的。

這人救了牠的命，這是很主要的原因；但更重要的是，他是個非常完美的主人。別人照顧自己的狗，是基於一股責任感和事業上的方便；而他照料自己的狗卻是出於情不自禁，彷彿牠們是自己的子女一般。而且還不止於此。他從未忘記對牠們打聲親切的招呼，說句打氣的話。坐下來和牠們長談一番（他稱之爲閒扯）不但讓牠們高興，他自己也開心。他喜歡粗魯地用雙手夾住巴克的頭，再把自己的頭靠在牠的頭上，前前後後搖晃牠，嘴裏不住發出謾罵，然而巴克知道這種謾罵其實是疼惜之意。那種粗魯的摟抱和喃喃的咒罵是巴克最大的快樂，每個前後來回推拉，都讓牠的心狂喜得彷彿要被搖出體外一樣。一旦頭被放開，牠便嘴角帶笑、眼中含著豐富表情一躍而起，喉頭無聲地顫動著，一動也不動地保持那樣的情狀，惹得約翰・桑頓肅然起敬地大叫：

「老天！除了說話，你什麼都行！」

巴克也有一套近似傷害的把戲可以表露牠的情感。牠會咬住桑頓的手，嘴巴緊緊、緊緊地閉著，使得齒痕在被咬的地方留下一段時間。正如巴克瞭解那些咒罵的用意其實是疼愛，桑頓也明白牠的假咬是在代替表達愛意的溫柔舉動。

然而，巴克的愛意大部份還是表現在對他的崇敬之中。儘管桑頓對牠的撫摸與談話總教牠喜歡若狂，牠卻不會主動去尋求這些表示。不像絲吉特老愛把自己的鼻子推到桑頓的手底下一再輕碰，直到得到愛撫爲止。也不像尼格那樣昂然立起，把牠的大頭偎在桑頓的膝蓋上。巴克只要遠遠地仰慕著他就心滿意足了。牠會機靈而熱切地按時躺在桑頓的腳跟旁仰望他的臉，盯著它細細端詳，以牠最敏銳的關切注意每個匆匆掠過的表情，還有他容貌上的每個動態或變化。或者，偶而牠也會躺在他的背後或身旁較遠處，注視那人的輪廓和肢體偶然的動作。而他們之間時常存在著一股交流，巴克的凝視力量會吸引約翰・桑頓扭頭，一語不發地以他的凝視做回應。這時巴克的眼中便會閃耀出牠愉快的心情，而桑頓的眼睛也一樣。

在巴克獲救之後，牠有好長一段時間都不願讓桑頓離開自己的視線。從他離開帳篷到再度走進來為止，巴克必定亦步亦趨地跟在身邊。自從進入北國以來，一再更換的主人已經使牠產生一種恐懼，深怕沒有一個主人能持久。牠害怕桑頓會像過去走出自己生活的裴洛、法蘭休斯和那個蘇格蘭混血兒一樣從自己的生命中消失。甚至到了夜晚，這股恐懼還是時常出現在夢境中。這時牠便放棄睡眠，冒著料峭寒意悄悄走到帳篷門外，站在那兒靜靜傾聽主人的鼻息。

儘管巴克對約翰・桑頓有如此深切的愛，彷彿明白揭示柔和、文明的影響，他內心那股被北地喚醒的原始稟性卻依舊那麼生動而活躍。牠有忠誠、有摯愛，還有在火光下、住屋內所產生的種種東西；但，牠仍保留著自己的野性與狡詐。與其說牠是條烙印著歷代文明痕跡的柔弱南方狗，倒不如將牠看成一隻從荒野之中走來，坐到約翰・桑頓火堆邊的野獸。由於對於這人深深的愛，牠不能偷竊他的東西，但換成別的人、別個營地，牠可以片刻都不遲疑。而憑著行竊時的詭詐狡猾，牠總是能夠逃過偵察。

牠的臉上、身上刻劃著許多狗的齒痕。而今牠的戰鬥仍像從前那樣兇猛，甚至更凌厲。絲吉特和尼格的性情都太溫馴了，不可能吵得起架——再說，牠們是約翰養的。至於別的陌生狗都得迅速向牠稱臣，否則就得在這可怕的敵人面前掙扎求生了。巴克冷酷無情。他深悉棍棒和長牙的法則，絕對不會放棄優勢，或者對被牠逼上死亡之路的仇敵鬆手。牠早已從史匹茲手中、還有從警局和郵車隊中最好勇善戰的幾條狗那兒學得教訓，知道除了前述兩條路外別無其他方式可循。牠必須擊垮對手，否則就會被擊敗，而對敵人仁慈則是要不得的缺點。在原始生活中，仁慈並不存在。因爲那會被誤解爲害怕，而這種誤解是會導致死亡的。獵殺否則被殺、呑吃否則被吃是條鐵律；而牠，服從這條由時間深杳處傳遞下來的訓令。

牠比自己見過的日子、吸過的空氣更古老。牠連結了過去與現在，而背後的永恆又以一種壯魄的韻律悸動著牠。相應於這股悸動，牠遂如潮汐與季節的擺搖般來回擺盪。坐在約翰・桑頓的火堆旁，牠是一條胸部厚實、白牙長毛的狗。但在牠背後，卻有各式各樣的狗、以及半狼半犬、和野狼的幽靈在催促、策勵牠，品嚐牠所吃的肉之香氣，渴望牠所喝的水，與牠同嗅風中的味道，伴牠同聽並告訴牠林中各種野生動物發出的聲音，指揮牠的情緒，支配牠的舉動，在牠躺下時一件躺下來睡眠，陪牠做夢並且超越牠，讓自己變成牠夢境的內容。

這些幽靈對牠的召喚是那麼不容違抗，於是人類與人類的要求便悄然日益遠離牠。森林的深處傳來一聲呼喚；每當牠聽到這神秘、刺激、而深具誘惑的呼喚，便無力抗拒地背離火堆和周遭慣踏的土地，飛奔投入森林，腳不停步，既不知要奔到何處，也不知爲何如此；然而，牠也從不納悶爲什麼，或者究竟是奔到何處；那聲音在林木深處迫切地呼喚牠。然而，每當牠跑到那片未經開墾的柔軟土地時，對於約翰．桑頓的愛又會把牠拉回火堆旁。

只有約翰．桑頓能夠牽絆牠，其餘的人類全都微不足道。偶而有些過路的旅行者會誇牠幾句、動手摸摸牠，但牠的反應卻是冷冷淡淡，要是碰上過度濫情的人，牠就乾脆站起來走開。當桑頓的伙伴漢斯和彼特駕著木筏來到時，巴克不肯搭理他們，直到牠明白他倆和桑頓之間十分親近，這才消極地容忍他們，接受他們的寵愛，彷彿牠的接受是對他們的恩惠一樣。他們和桑頓一樣是寬大爲懷的人，親近大地，思想單純，目光明確。在盪舟進入道森城的鋸木廠旁那個大渦流之前，兩人都已瞭解巴克和牠的習性，並不堅持牠和絲吉特、尼格一樣對他們親親密密。

然而，牠對桑頓的愛卻似乎愈來愈強烈。在夏季旅途中，三人之中只有他能在巴克背上包東西要牠馱。只要是桑頓下的命令，無論如何辛苦的事牠都樂意去做。

有一天（借由木筏之助，他們已經離開道森朝坦納諾河❶出發），這三人三狗一行正坐在一座懸崖頂上。這座懸崖垂直下削，直到三百呎下的裸露岩床上。約翰・桑頓坐的位置靠近懸崖邊緣，巴克與他並肩而坐。桑頓突然大發奇想，立即輕率地將那念頭付諸實驗，可把漢斯和彼特兩人嚇呆了。「跳，巴克！」他手朝深谷之上一揮，喝令。下一瞬間，他已忙於在崖頂的盡頭抓緊巴克，由漢斯和彼特合力把牠們挽回安全處。

「好險！」事過之後，大家喘口大氣，彼特率先開口。

桑頓搖搖頭：「不，好了不起，也好可怕。你們知道嗎？有時這真教我害怕。」

「有牠在附近，我想都不敢想偷襲你。」彼特斷然宣告，朝巴克的方向點頭示意。

「呀呀！」漢斯附和：「我也不敢！」

那年年底在圓城，彼特的看法實現了。「黑仔」波頓，一個脾氣壞、心腸又惡毒的人，在酒吧找一個新手的碴，桑頓好心好意地上前去排解。巴克像平時一樣趴在角落裏，頭伏在腳掌上，注視著主人的一舉一動。波頓毫無預警地猛然揮出一拳，打得桑頓眼冒金星，幸虧抓住吧檯的橫

❶ Tanana：發源於加拿大育康領域，近阿拉斯加，向西北流六百哩，於阿拉斯加中部注入育康河。

竿才沒摔倒。

旁觀的人們聽到一聲既非吠、也非嘷，若以咆哮一詞形容最爲貼切的暴吼。隨即看到巴克已經跳到半空中，直撲波頓的喉嚨。那人出乎本能地揮出手臂，幸運地保住一條命，卻被巴克撞得仰倒在地，踩在牠的腳底下。巴克鬆開咬住他手臂的牙齒，再次直取他喉嚨。這次波頓只能半阻擋住牠的來勢，喉頭還是被咬破了。旁觀人潮一湧而上，把巴克驅逐到一旁。但當一名外科大夫忙著爲波頓止血時，牠還是到處亂撞，氣虎虎地狂吠著想要衝進來，卻又被一整排敵對棍棒逼退。一場「採礦人會議」當場召開，判定巴克的行爲是出於被激怒得忍無可忍，因此獲得無罪釋放。不過牠卻因而聲名大噪。從那天起，她的名字傳遍全阿拉斯加的每一座營地。

後來，在那年時秋天，牠又以另一種截然不同的方式挽救了約翰・桑頓一命。那時三名同伴正駕著一葉狹長的撐篙船，順著四十哩溪一段形勢險惡、急湍連連的溪水而下。漢斯和彼特沿著溪堤移動，以一條細馬尼拉繩❷由一棵樹纏到下棵樹，桑頓則留在船上，靠著一支長篙盪舟前進，同時大聲指揮岸邊的行動。留在岸上的巴克憂心忡忡、心急如焚，始終與船保持並排前進，

❷ 亦稱呂宋繩，以馬尼拉麻繩製成。

視線一刻也沒離開過主人。

在一處形勢特別險惡的地方，有一整段凸出的礁岩突伸到河的中間。漢斯鬆開麻繩，配合把長篙插入前一段溪底順流而下的桑頓，握著繩索的尾端在溪岸奔跑，等著小船通過礁石好繫在樹幹上。小船通過礁岩，立即被一道像水車的湍流般強勁的水流衝得向下游飛射而去，漢斯連忙勒緊繩索好阻止船隻下衝，卻又勒得太急速、太鹵莽，小船猛然翻覆，船底朝天地卡進溪岸，而桑頓卻被甩出船去，衝向水勢最險惡的急流帶，從來沒有一名泳者能在那一段水流滔滔急湍狂奔的地方生還。

巴克立即跳入水中，在三百碼外，一處湍急的漩渦間趕上桑頓。在感覺到主人抓住自己尾巴後，巴克開始用盡全身力氣朝岸邊游去。然而牠游向岸邊的速度遲緩，衝往下游的水流卻是急得驚人。下方傳來震耳的狂嘯；那裏的水勢比這裏還更兇猛，沖在像巨大的梳齒般林立突出於水面上的礁石，激射出一道道水柱與水花。溪流在瀕臨峭直的坡度處開始下沖的吸力是很可怕的，桑頓知道想要上岸毫無希望。他猛烈撞上第一塊礁石，接著在第二塊岩石邊挫傷，然後結結實實地撞上第三塊。他用雙手緊抱住滑不溜丟的岩石尖，鬆開巴克，以超過澎湃水聲的音量大叫：

「走，巴克！快走！」

巴克完全控制不住自己，被水流衝向下游，拼命掙扎著，卻還是游不回來。等聽桑頓再三重複命令後，牠才半仰著身子，把頭揚得高高的，彷彿要看主人最後一眼似的，然後順從地向溪岸游。牠賣力划動四肢，就在幾乎完全不能泅水、又要被水捲走的地方被彼特和漢斯合力拖上岸。

他們知道在這樣湍急的激流中，緊抱一顆滑手的大石最多只能支撐幾分鐘，因此盡速奔一處比桑頓環抱礁石處遠很多的岸邊，把原本用來拖住小船的麻繩綁在巴克的頸子和肩部。爲了怕勒得牠不能呼吸或妨礙牠游水，因此綁得小心翼翼，然後把牠放到溪中。牠勇敢地划動四肢，可惜方向卻對得不夠準，等牠發現這個錯誤時已經來不及了。當時牠已游到和桑頓平行的位置，兩者之間僅僅隔著五、六個划步的距離，卻身不由主地被急流沖得過了頭。

漢斯把巴克當成像小船一樣靠著繩索拖住，於是繩索在湍急的水流中勒緊了巴克，由岸上的兩人將隱沒在水面以下的牠拉到撞及堤岸，再將牠拖出來。牠已被淹得氣若游絲。漢斯和彼特連忙撲到牠身上用力搥打，好將空氣送入牠肺中，把水逼出來。牠搖搖擺擺地站起來，馬上又倒下。桑頓微弱的呼聲傳到他們耳裏，雖然聽不清楚他喊的是什麼，卻知道他已瀕臨絕境了。主人的聲音對於巴克的作用宛如電擊。牠一躍而起，領先兩名男子，衝到牠前一次下水的地方。

牠再次被綁上繩索，放入水中，奮力划動，但這一次牠直接游向溪流中心。牠已錯估一次，絕不再犯相同的過失。漢斯戰戰兢兢地放出繩索，不讓它有一點鬆弛，而彼特則留意不使它有纏繞現象。巴克一直努力向前划到桑頓上游呈一直線處，然後轉個彎以飛快車的速度朝下游向他。桑頓看見牠游過來，像支破城大槌般，挾帶背後強大水流的萬鈞之力撞上他，趕緊伸出雙臂緊抱住牠那溼漉漉的頸子。漢斯把繩索纏繞在樹幹上，拉扯淹在水面下的巴克和桑頓。他倆一會兒這個在上、一會兒換成那個，被繩子勒得呼吸困難、水嗆得快窒息，拖過坎坎坷坷的溪林，碰撞暗礁、沈木，拐個彎，終於被拉上了溪岸。

桑頓腹部朝下趴在一段浮木上，被漢斯和彼特前後來回猛力推來推去。他醒來第一眼就是瞄向巴克。尼格站在牠柔弱無力、顯得毫無生氣的身體旁發出一聲長嗥，絲吉特忙著舔乾牠溼淋淋的臉和緊閉的眼睛。桑頓本身雖然被撞得處處帶傷，仍舊小心翼翼地查看巴克的身體，並在牠被弄甦醒之後，發現牠斷了三根肋骨。

「我決定了，」他宣布：「我們就在這裏紮營。」於是，他們就在此地紮營住下，直到巴克的肋骨黏合、能夠長途跋涉時才拔營。

那年冬天，巴克又在道森完成另一次功勞。也許不是那麼英勇，但卻使牠的名字在阿拉斯加人名譽的圖騰竿上飆升好幾道刻痕高。這項功勞尤其對三名男子及惠不少；因爲他們正需要一些必要的裝備，以便進入還未有採礦者出現的原始東部。事情是由一場在黃金國酒店的一場談話引起的。在這談話裏，大夥都猛替自己的愛犬吹牛皮。由於紀錄輝煌，巴克成了他們批評的目標，逼得桑頓堅決挺身替牠辯護。半個鐘頭之後，一名男子表示牠的狗能拉動一部重五百磅的雪橇，並且拖著它走；另一人吹說牠的狗能拉六百磅；第三個人誇下海口，說牠的狗可以拉七百磅。

「噓！噓！」約翰說：「巴克可以拉動一千磅。」

「包括雪橇起步！加上拖著它走一百碼？」剛剛替自己的狗誇下七百磅海口的採礦大王馬修森馬上加了一句。

「包括雪橇起步，加上拖著它走一百碼。」約翰・桑頓面不改色地說。

「哦，」馬修森一字一字、慎重而遲緩地宣布，好讓在場的所有人都聽得到：「我這兒拿出一千元賭牠辦不到。錢在這裏！」他鏗然有聲地把一袋燻臘腸大小的金砂擲在吧檯上。

沒有人吭聲。桑頓的牛皮（如果那是吹牛的話）已被要求驗證。他可以感覺到血氣上湧，臉上一片臊熱。他的嘴巴跟他開了個大玩笑——他根本不曉得巴克拖不拖得動一千磅的東西。半噸重哩！那巨大的重量把他震住了。他對巴克的力氣有極大的信心，常常認為牠有力拉動那麼重的東西。可是他從沒有，從沒有像現在這樣，得在十幾來個人目不轉睛、安靜的等待中面對它的可能性。更何況，他沒有一千元；漢斯或彼特也沒有。

「我外頭正好有部雪橇，載著二十袋五十磅裝的麵粉，」馬修森蠻不講理地直言：「所以你甭擔心這個問題。」

桑頓沒做答覆，他不知道該說什麼才好，他像個失去思考能力、正在尋求在某處發現某件東西好重新啓開思考的人一樣，心神恍惚地流覽四周一張張臉龐。一名昔日夥伴——財勢大王吉姆．沙歐布連恩——的面孔吸引住他的目光。這似乎帶給他一個提示，提醒他採取自己做夢都沒想到要做的行爲。

「你能借我一千元嗎？」他以細如蚊蚋的聲音問。

「沒問題。」奧布連恩把一個鼓脹的袋子重重摔在馬修森那個旁邊。「不過，約翰，我也不太敢相信那你狗眞能辦得到。」

黃金國酒店裡的人一掃而空，全都跑到街上去看這場試驗。桌邊沒半個人影一些莊家、賭客都跑來瞭解打賭結束並下注。於是，幾百個穿皮裘、戴半截皮手套的人，齊齊圍攏在雪橇四周半近不遠的距離外。馬修森那部堆了一千磅麵粉的雪橇已經停放兩三個鐘頭，在嚴寒的天候中（當時的氣溫爲零下六十度），雪車的滑橇被結塊的積雪緊緊封固。人們以二比一的賭注賭巴克動不了那雪橇半分，不少人針對「起步」一詞吹毛求疵。奧布連恩認賽把滑橇敲鬆，讓巴克從完全停頓狀態「起步」是桑頓的特權。但馬修森堅持這一詞的意思，包括由被雪封得不能動彈的冰地中起出滑橇。大部分目睹這場打賭由來的人決定應依馬修森之意。於是，賭注又被追加到三對一賭巴克輸。

現場沒有人接受這打賭；誰也不相信巴克能夠辦得到。桑頓不加思索就貿然與人打賭，這會兒正憂心忡忡。他看看雪橇本身；事實俱在，前面的雪地上蹺縮著一隊由十條狗組成的拉車隊，更可見一條狗拖不動這麼重的雪橇。馬修森眉飛色舞、他宣稱：

「三對一！我再另加一千元賭注，有沒有意見，桑頓？」

桑頓滿臉猶豫，不過他的鬥志也被挑起來了——那昂揚的鬥志讓他顧不得賭金，認不清什麼叫辦不到，除了一片要求決一勝負的瞎起鬨外什麼都聽不到：他把漢斯和彼特一道兒召集過來。他倆的錢袋都是扁扁的，加上他的，三人總計才湊出兩百元。正當手頭拮据的他們，這些已經是身邊所有的錢了；然而，他們還是眉都不皺一下就把它拿出來和馬修森的六百元對賭。

他們解開那十條狗的繫繮，將巴克連同牠自己的挽具套上雪橇。牠立即受到周圍激動的氣氛感染，並且感受到自己必須以某種方式替約翰・桑頓做一件大事。看到牠壯麗的外表，人群中響起一聲聲讚美的低語。眼前牠正處於顛峰狀態，全身上下沒有一絲贅肉，一百五十磅的體重全都蓄滿剛健與雄風。牠的毛皮閃著絲緞般的光澤。平時服服貼貼順著頸部到雙肩的鬃毛現在都半豎起來，而且彷彿隨著牠的每一舉一動而豎直，就好像是過盛的精力促使每一根長毛活躍而靈動一樣。豐偉的胸膛和粗壯的前腳，和全身上下其他部分比例勻稱，皮膚下的肌肉一團團鼓脹而結實。人們摸摸牠的肌肉，宣稱它們像鋼鐵般堅硬，於是賭注又降回二對一。

「喂，先生！喂，先生！」一名末代王朝成員，同時也是一流狗展售場大王結結巴巴地嚷著：「還沒比試之前，我出八百元買牠，先生；光憑牠這一亮相，我出八百。」

桑頓搖搖頭，走到巴克身邊。

「你得退開牠身邊，」馬修森提出抗議：「讓牠獨力演出，不能有人靠太近。」

現場安靜下來。除了莊家們徒勞無功地以二對一的賭注招攬下注者，再聽不到別的聲音。大家都承認巴克外表的確夠威風，但二十袋五十磅重的麵粉在他們心目中實在太重了，誰也不肯因此解開錢囊。

桑頓蹲跪在巴克身旁，雙手抱著牠的頭，臉貼著牠的臉。他不像平時一樣嬉鬧地搖晃牠，輕柔地低罵；而是對牠附耳低語：「基於你愛我，巴克；基於你愛我！」巴克帶著壓抑的熱情嗚嗚低嗚，回應他的呢噥。

人群好奇地注視著。事情變得奧妙起來；就像魔法一樣。桑頓站起身來，巴克啣住他帶著手套的手，兩排牙齒用力咬了一下，然後不太情願緩緩放開他的手。那是牠的回答。不是用語言，而是用愛。桑頓退開好幾步。

「好了，巴克！」他吩咐。

巴克綳緊韁繩，然後鬆開幾吋。這是牠已經學會的方法。

「向右！」桑頓的聲音在極度的安靜中刺耳地響起。

巴克用力向右一搖，在動作的結尾時，猛然以牠一百五十磅的體重一扯，綳緊鬆垮的韁繩。雪橇上載的東西震了震，底下的滑橇發出一聲脆裂的聲音。

「左！」桑頓又喝令。

巴克重複相同的動作，只不過這次是向左。脆裂聲變爲爆裂聲，雪橇的樞軸和滑橇都嘎嘎地朝旁滑動了幾吋。雪橇被起出堅冰中了。大夥兒都屏著氣，緊張得忘了呼吸。

「好了，跑！」

桑頓的命令像一顆子彈砰然射出。巴克將身體往前傾，再用猛衝之力嘎嘎有聲地綳直韁繩。

在不顧一切卯足全力的情況下，全身縮緊，光澤的毛皮裏，肌肉結強成一塊塊顫躍的硬塊。牠豐偉的胸腔貼近地面，整顆頭向下前抵，四肢踩踏如飛，在堅硬的雪地上刨出平行的爪痕。雪橇搖搖顫動，稍微往前動了一下。牠的一隻腳踩滑了，人群之中有人高哼一聲。雪橇在接連的急促拉扯、停頓中左傾右倒地向前移動，不過從未再度完全停下來……半吋……一吋……兩吋……急動急停的情況顯著趨於和緩；巴克充分掌握雪橇，雪橇得到衝力的瞬間借力使力，直到它平平穩穩地行進。

人們倒抽一口冷氣又開始呼吸，壓根兒不曾察覺自己曾經暫時停止呼吸。桑頓跟在後面奔跟，以簡短愉快的話語替牠加油打氣。距離是事先測量好的，當牠奔進那標明一百碼盡頭的柴堆時，人群中的歡呼聲一波高過一波。等牠通過柴堆在喝令中停下後，歡聲已如雷吼。人人狂歡尖叫，就連馬修森也不例外。空中帽子、手套齊拋，人們不擇對象互相握手，大家語無倫次地在一片鼎沸聲中大嚷大叫。

而桑頓卻跪在巴克身邊，頭靠著牠的頭，前後晃動牠。那些快步趨前的人聽到他在罵巴克；他的罵又長又熱烈，既輕柔又疼愛。

「喂，先生！喂，先生！」一流狗展場大王口沫橫飛地說：「我付一千元買下牠，先生，一千元，先生──一千二吧，先生。」

桑頓站起來。他眼睛溼潤，淚水沿著雙頰汨汨流下。「先生，」他告訴那個狗展場大王：「不賣，先生。你滾一邊去吧，先生。我對你無可效勞，先生。」

巴克用牙齒咬著桑頓的手，桑頓前前後後地搖晃牠。旁觀人群彷彿受到一股共同的衝動所驅使，全部尊敬地退開一段距離，不再冒冒失失上前干擾他們。

第七章・呼喚聲聲響

在不到五分鐘之內，巴克替牠的主人賺進一千六百元，使得約翰・桑頓能夠償清某些債務，和他的伙伴們進入東部尋找某個傳說之中湮沒的礦場；那礦場的歷史和阿拉斯加本身一般久遠。許多人去尋找過那處礦場；找到的人寥寥無幾，一去不返的卻不少。這座湮沒的礦場沈浸在悲劇中，籠罩著神秘的色彩。沒有人知道是誰最先發現它的。

最早的傳言還未追溯到那人身上就告終止了。現有傳說之中，一開始就談到那兒有座搖搖欲墜的古老小屋。垂死的人們發誓說此事千眞萬確，並說那座小屋便是礦場所在地點的指標，而且一再堅稱那兒的天然金塊成色和北國所有黃金的品級都不同。

但死者已死，活著的人卻沒有一個曾經入侵過這座寶庫。於是，約翰・桑頓、彼特、漢斯，帶著巴克以及其他五、六條狗，毅然踏上一條不知名的道路闖入東部，期望抵達過去許多像他們這樣的人和狗所到不了的地方。他們趕著雪橇沿著育康河往上游跋涉七十哩路，再轉左進入斯圖亞特河流域，經過梅歐和馬斯奎遜，一直走到斯圖雅特變成涓涓細流處，蜿蜒直上那些形成這塊大陸脊樑的山峰。

約翰・桑頓很少求人，也極少求天。他不怕荒野。只要身邊有把鹽，手上有把來福槍，他就敢投身蠻荒，愛去那裡就去那裡。他像印地安人一樣，在白天的旅途中獵取食物；萬一沒獵到野物，就像印地安人一樣，抱定早晚會獵得食物的信念繼續趕路。因此，在這趟深入東部的浩浩旅程中，他們的菜單上永遠都是現殺現吃的肉，雪橇上載運的多半是槍彈和工具，旅行時數也可延伸到無限的未來。

對巴克而言，這趟結合捕魚、打獵，又未鎖定目標、漫遊各處陌生地點的旅途是無限歡樂的。有時他們日復一日，持續跋涉好幾週；有時又一連好幾個禮拜隨地紮個營。狗兒到處遊蕩去，三名男子則將結凍的廢棄物和礫石燒穿幾個洞，借著火溫淘洗無數盤粉屑。他們時而挨餓，時而飽餐一頓，全得看獵物是否豐富及打獵時的運氣而定。夏天到了，狗和人各自背負包裹，搭乘木筏渡過水藍的山間湖泊，再鋸下聳立的林木建造細長的小舟，沿著許多不知名的河川上溯或下行。

時間一個月一個月過去，他們在那一大片地圖上還沒有標記的廣袤領域內，錯開先前走過的途徑來回奔波。這裡人煙未至。然而，假使那座湮沒的小屋是真的存在，便是曾經有人到過。他們在夏日的大風雪中翻山越嶺；在林木線與終年積雪不化地帶間的光禿山頭上，頂著夜半的太陽顫抖；隨嚶嚶嗡嗡的蚊子蒼蠅造訪谷地；在冰河的遺跡處採集鮮艷、成熟度都不遜於南方出產的鮮花和草莓。那年秋季，他們進入一片令人毛骨悚然的湖泊區，周遭悲涼岑寂，過去曾有野禽棲息，而今卻不見生物，也沒有生命的跡象——只有呼呼吹過的寒風；蔽蔭之處漸漸積累的冰雪；還有荒涼的海灘上，海濤一波波悲愴的聲浪。

接下來，那個冬天，他們漫遊在許多曾經有人進過的小徑上。有一次，他們發現一條貫穿森林、沿途刻樹做記號的小路，這條路非常老舊，看來湮沒的小屋應該很近了。然而，這條小路既找不到起點，也不知終點在何處，從頭到尾都是個謎津。就像它是誰造的？爲何建造？同樣神秘莫測。另一次，他們無意間發現一間歷經歲月侵蝕的殘破狩獵小屋，約翰・桑頓在腐爛的毛氈碎片間找到一把長統燧槍。他知道那是在早期西北部剛有人來時，哈得灣公司出產的槍枝。想當年，這樣一把槍和壓平之後堆到像它那麼高的海獺皮價值相等。總共就這些——沒有什麼暗示可以看出當初建立這小屋、把槍枝遺留在毛氈之間的是怎麼樣的人。

又是一年春天。流浪這麼久，他們還是沒有找到那幢消失的小屋，反而來到一座寬闊山谷裡的淺平沖積礦床。在淘金盤底，那兒的金子黃澄澄的如同奶油一般。他們不再到別處尋覓。他們一天可以淘洗出價值數千元的金砂和金塊，並且每日勤於淘洗。這些黃金每五十磅一袋袋在鹿皮袋裡，堆得像從樹枝小屋外的柴堆那麼高。他們像巨人一般辛勤工作，日子就在他們纍纍堆積財富間，像夢一般飛過。

除了偶而拖些桑頓獵殺的野物回來外，那些狗終日無所是事，巴克因此有很多時間都是在營火邊沈思。如今既然得有事可做，那個毛茸茸短腿人的幻影便又頻頻浮現在牠眼前；巴克時常瞇著眼，趴在火堆邊，在記憶中的另一個世界裡與他同遊。

這另一個世界裡最顯著的東西好像是恐懼。當牠看著那毛茸茸的人睡在火堆旁，雙手抱頭，把頭埋在雙膝間；巴克看得出他動輒驚醒，一醒過來便害怕地向黑暗中凝視，同時多添柴火，睡得非常不安穩。要是他們走在海灘上，那毛茸茸的人就撿拾些貝類，邊撿邊吃，兩雙眼珠子邊到處瞟來瞟去，掃遍所有可能隱藏危險的角落，準備一發現危險馬上像陣風似的拔腿跑開。穿過森林時，巴克緊緊跟隨著那毛茸茸的人，無聲無息地提心吊膽前進。他們機靈而警醒，雙耳顫動，鼻孔歙張，兩者都一樣；因爲那人的聽力、嗅覺和巴克同樣敏銳。那毛茸茸的人可以一跳跳到樹上，而且行動像在地面一樣敏捷，靠他的雙臂從這根樹枝盪到那根樹枝，有時從放手到抓到另一根枝條之間相距十幾呎也從不會失手。事實上，他在樹上和在地面一樣舒適。巴克記起好多個夜晚那個毛茸耳的人緊抓著枝條睡在樹上，自己就守在他休息的那棵樹下徹夜警戒。

近似於那毛茸茸男子的幻影，森林深處的呼喚也還不時響起。它使牠心中充滿了奇特不安而又蠢蠢欲動的渴望，感受到一種隱約而甜蜜的歡欣，意識到對荒野莫名的思慕和騷動。有時候，牠會像尋找某樣具體的東西一般緊追著那呼聲深入森林，隨著心情或輕柔、或挑釁地作吠。牠會把鼻子伸入清涼的林木苔蘚中，或者探入長著長長菁草的黑色土壤裡，嗅著沃腴泥土的芬芳，喜悅地噴著鼻息；或者牠會像在藏匿似的，躲在倒落地上、長滿蕈類的樹幹後，睜大眼睛、豎尖耳朵，注意周遭所有的動靜。說不定，牠是想就這樣埋伏著，嚇嚇那個牠所無法瞭解的呼喚。不過牠並不清楚自己爲何要做這些舉動。牠是被驅使著去做這些事，從來不曾去理解箇中的原因。

無以抵擋的衝動支配著牠。大熱天裡，牠常躺在營帳內懶洋洋地打著盹，卻猛然抬起頭，豎起耳朵，專注地聆聽一陣，然後使一躍而起，拔腿往外衝，腳不停步地穿過森間的通路，越過黑岩簇集的空地，狂奔好幾個小時。牠喜歡順著乾涸的水道往下跑，躡手躡腳地偵察林中飛鳥的生活。有時牠會在灌木欉裡一躺就是一整天，看看松雞咕咕高啼，昂首闊步地走來走去。但牠尤其熱愛在夏日午夜裡的朦朧微光中奔跑，傾聽林中漸漸微弱、睏倦的呢喃，像人類讀書一般細讀各種足跡和聲響，尋覓發出呼喚的神秘物——那無時無夜，不論牠是睡是醒呼喚著牠前來的東西。

有一天夜裡，牠突然從睡夢中驚醒跳起，帶著熱切的眼神，鼻孔抽動著東嗅西嗅，鬃毛豎成起起伏伏的波浪。森林之中傳來呼喚聲（或者是呼喚之中的一個音符；因爲那呼喚是音韻多變的），有著前所未有的清楚和明確——一種拉得長長的嗥聲，既像哈士奇所發出的某種聲音，又不完全像其中的任何一種。而牠經由某種往日熟悉的方式，知道那是從前聽過的聲音。牠躍過沈睡之中的營地，飛快地靜靜衝過樹林。牠越趨近那嗥聲越是放慢自己的步伐，隨時小心謹愼，來到一群樹圍繞的空地留神張望，看見一匹體型瘦長的大灰狼伸長了頸子，鼻尖對著天空，直挺挺地坐著。

牠不出半點聲音，但那大灰狼依舊停止長嗥，試圖察覺牠的出現。巴克大步走入空地半蹲下來，全身緊繃，尾巴僵直豎立，異常小心地放下四肢，一舉一動都混合宣告著威嚇與友好的提議。但那匹狼卻一看見牠便倉惶逃跑。牠帶著超越的狂熱，以奔放的跳躍步伐追趕。牠把灰狼趕進小河河底一段沒有出口的暗溝，因爲出路已被逼得像走投無路的哈士奇一樣，後腳支地猛不防地急轉過身來，聳毛咆哮，兩排牙齒咬得嘎嘎不停響。

巴克沒有發動攻擊，只是繞著牠身邊打轉，並在牠躲躲閃閃之間不時上前來示友好。灰狼多疑又害怕；因爲巴克有牠三倍重，自己的頭才到巴克的肩膀高。牠相準機會，箭步飛射而去，於是巴克重新展開追逐。灰狼三番兩次被追得無路可退，相同的情形一再發生，只是牠目前情況並不好，否則巴克也無法那麼輕鬆就追上。牠總是等到巴克的頭已經逼到自己腰側，這才在絕境之中扭身相對，只是一逮到機會又馬上會衝開。

不過，巴克的堅持最後總算得到回饋；因爲灰狼發現牠並沒有惡意，終於和牠嗅了鼻子，牠倆相互友好，以猛獸掩飾自己凶狠的那種扭扭捏捏、緊張兮兮態度玩耍起來。嬉鬧一陣之後，灰狼帶著明白表示自己要到某處去的姿態，輕快地跨步跳躍。牠清楚地表達邀請巴克同行之意，於是牠倆並肩奔跑，穿過陰沈的微光直奔河床，進入隘口，越過漸漸上升的荒涼分水嶺。

牠們順著分水嶺的另一側山坡往下跑，來到一處平地。這裡有廣闊綿延的森林，還有許多溪流。牠倆步伐勻稱地跑了一個鐘頭又一個鐘頭，太陽愈升愈高，氣溫也漸漸變暖。巴克心中狂喜。牠知道自己終於回應那呼喚，伴隨牠的森林兄弟奔向那呼聲傳來的地方。古老的記憶瞬間一湧而上。就像過去牠爲它們是幻影的事實心亂一樣，此刻牠的內心爲這些記憶而騷動。這件事牠曾在另外那個記憶模糊的世界裡做過，如今又再度進行，自由暢快地在曠野中途中奔馳，頭上是遼闊的天空，腳下是未經開墾的土地。

他們停在一條奔流的小溪邊喝水，在停留之間，巴克想起約翰．桑頓。灰狼舉步邁向顯然是呼喚傳來之處的方向，然後跑回牠身邊和牠嗅嗅鼻子，做出種種像是鼓勵牠的動作。可是巴克卻轉身朝來時的途徑緩緩走開。牠的荒野兄弟嗚嗚低哼著陪牠奔跑一個多小時，終於坐在地上仰天長嗥起來。那是一聲悲切的長嗥，巴克繼續邁動勻稱的腳步往回跑，聽著那嗥聲越來越弱，最後消失在遙遙相隔裡。

當巴克衝進營地時，約翰．桑頓正在吃飯。牠帶著熱烈的摯愛撲到他身上，撞他、頂他，七手八腳往他身上爬，舔他的臉，咬他的手，一如約翰形容的──「玩盡傻裡傻氣的把戲」。而他也前後來回地搖晃著巴克，疼愛地罵著牠。

巴克兩天兩夜不曾離開營地，也不讓桑頓脫離自己的視線半步。他工作時牠跟在身邊，吃飯時兩眼盯著他，夜裡看著他鑽進毛毯，早上看著他出來。但兩天之後，林中的呼喚開始叫得更殷切。巴克再度整日心神不寧。牠那荒野中的兄弟，分水嶺那頭明媚的大地，肩並著在廣闊綿延森林地中的奔跑……椿椿回憶縈繞在牠的腦海。牠再次跑到樹林裡漫遊，可是荒野兄弟不再到來了；雖然牠守著一個個漫漫長夜側耳傾聽，那悲切的長嗥卻不復響起。

牠開始睡在外頭過夜，有時一連好幾天都沒回到營地來。甚至有次牠還翻越隘口口邊那座分水嶺，跑到溪流、樹林交錯的平地。牠在那裡漫遊一整個禮拜，徒勞無功地尋覓牠那野生兄弟新近留下的足跡或味道。這一個禮拜中牠以似乎永不倦怠的輕快大步幅縱躍，自己獵殺野物為食。牠在一條寬闊的外流河邊捕食鮭魚，還在這條河邊撲殺了一隻同樣來到河邊吃魚，卻被蚊子叮得看不見東西，而暴跳如雷地在林間無助亂撞的大黑熊。即使如此，這仍是一場艱苦的戰鬥，並且激發起殘存於巴克體內最後幾許潛在的凶性。兩天之後牠回到獵殺大熊處，看見十幾匹狼圍著牠的戰利品在爭吵，於是不費吹灰之力地驅散牠們；狼群落荒而逃，而跑在最後的兩隻此後再也沒有機會爭吵了。

對血的渴望變得比從前更強烈。牠是個殺手，是獵食的動物，倚靠生物為生，沒幫手，孤軍奮戰，單憑自己力氣和高超的本領，在只有強者才能生存的惡毒環境裡成功地活下來。因為這一切，牠的內心變得極高傲，而這股傲氣又像傳染病一樣蔓延到牠整副軀體。牠的自傲在牠的每一舉一動、每條肌肉的顫躍，還有每一聲高吠低哼中，無一充分表露無遺，甚且使牠耀眼的毛皮顯得壯麗。若非牠的口鼻附近以及眼睛上方零星散存著些棕褐南巴，胸口點綴著少許白毛，恐怕很容易被誤以為是匹體型比起最大型狼種更龐大的巨狼。牠從聖伯納種的父親那兒遺傳到體型和體重，卻從牧羊犬媽媽那裡得到配合這副體型、體重的外型。牠的嘴型是長長的狼嘴型狀，但比任何一匹狼的嘴都還大；而牠那寬廣的腦袋，也像一顆超大呎吋的狼頭。

牠的狡猾是狼的狡猾，也是野性的狡猾；牠的智慧是牧羊犬的智慧加上聖伯納的智慧；這所有的一切，結合過去在最兇狠的磨練之中的經驗，使得牠成為跟任何在荒野之中游蕩的動物一樣可怕的猛犬。牠是一條掠食性動物，吃肉類以維生；正當少壯之期，處於生命之中的高潮，有著過剩的活力與雄勁。當桑頓的手順著牠的背脊輕撫過時，一聲嗶剝脆響會跟著傳出，每一根毛髮也在接觸之際盡情釋放出蓄藏的磁力。牠的頭腦和身體，神經組織和纖維，全身每一部分都被調整至最敏銳的位階。而在所有各部分之間，又有最完美的均衡與協調。

對於需要採取行動的種種影像、聲音與事件，牠都以迅雷不及掩耳的速度回應。哈士奇犬可以快速跳起來防衛或攻擊，而牠能夠跳得兩倍快。牠從看見一個動作、或聽見一個聲音，到做出反應的時間加起來，還比別的狗單只看清、或聽清什麼的時間短。牠在同一瞬間完成覺察、判定和反應。確切來說，覺察、判定、和反應三個動作是相繼進行的；然而三者之間的時間時隔卻是那麼微小，因此看來像是同時發生。牠的肌肉充滿用不完的活力，像鋼鐵彈簧一般驟然迸開，猛烈地投入動作中。快樂而榮盛的生命力如同滔滔洪流湧過牠全身，彷彿要使牠在狂喜入迷中滿盈爆溢，傾注全世界。

「這樣的狗前所未有。」有一天，約翰・桑頓在和兩位夥伴目送巴克大踏步走出營地時說。

「在牠被塑造的時候，模型就已經被打破了。」彼特說。

「哎呀，準沒錯兒！我自己就是這樣想的。」漢斯附和。

他們看著牠大踏步走出營地，卻沒看見牠一走進森林的秘密處，立即發生在牠身上的驚人變化。牠不再昂首闊步，而是馬上搖身一變成爲野性的動物，走起路來像貓一樣，輕手輕腳、悄無聲息，恰似在幢幢陰影之間忽隱忽現、匆匆掠過的黑影。他知道如何利用每一樣掩體，像蛇那般腹部貼地游行，也像蛇那般突然挺躍襲擊。牠可以抓到窩裡的松鼠，撲殺睡著的兔子，在半空中硬生生咬下只差一、二秒鐘就可以跳上樹梢的小花栗鼠。面對牠，開闊水池裡的魚還嫌游得不夠快；修築堤堰的水獺也不夠機警。牠獵殺取食並非爲了好玩，而是感覺上更愛吃親自獵殺的東西。牠的所有行爲都有這樣一股潛在的奇怪興致流貫；而偷襲松鼠，在眼看就要到手時又故意放過牠們，讓這些小東西懷著瀕臨死亡的恐懼吱吱喳地逃竄到樹頂上，成爲巴克的一大樂趣。

這一年的秋天來臨時，麋鹿出現的數量特別多。牠們緩緩遷移，準備到地勢較底、氣候較爲溫暖的谷地去過冬。巴克曾經撈到一隻失群的半大小鹿；但牠仍強烈渴望遇到更大、更難對付的獵物，有一天，終於在一條小溪源頭的分水嶺處碰到好機會。那天有隊爲數二十來隻的麋鹿越過樹林、溪流交錯的那片平地，帶頭的就是一隻大公麋。當時這隻大公麋脾氣正暴躁，一看到巴克就猛力來回擺動牠那對長了十四個枒權、兩端角尖相距七呎遠的掌狀大叉角，兩隻小眼睛裡燃著惡毒、憤慨的光芒怒吼。

在公麋的體側，就在腰腹稍前的地方，露出一截帶著翎毛的箭尾，那也正是牠如此暴躁的原因。巴克借由來自原始世界狩獵年代傳下來的本能引導，上前將大公麋截出麋鹿群。這不是件輕易的工作。牠要在公麋的大角打不到、可怕的勁蹄沒辦法一腳踹死牠的地方滿地裡狂吠、蹦跳。無法轉身背對這匹長著獠牙的危險分子繼續向前跑，公麋只有被逼得暴怒發作了。這種時候，牠會朝巴克進擊，而巴克便狡詐地往後退，假裝沒有辦法逃跑來誘敵。但在公麋因此漸漸脫離同伴時，又有兩三頭年輕的公麋會返身攻擊巴克，好讓受傷的大公麋能夠重回隊伍。

荒野中的生物具備一種耐性——固執頑強、不知疲倦、如同生命本身一般的堅持——可使蛛網裡的蜘蛛、盤起身體的蛇、埋伏中的黑豹，動也不動地僵持無數小時；正在獵食活動的生物尤其擁有這種耐性。此刻的巴克就有著這樣的耐性。牠緊纏在鹿隊之旁，阻礙它的前進，激怒年輕的公麋，擾得帶著半大小麋的母麋擔憂，逼得受傷的大公麋無可救藥地暴發瘋狂的怒氣。這樣的情形持續了半天。牠讓自己一身數用，從四面八方進擊，把整群麋鹿包圍在威脅的旋風中，只要牠的犧牲品剛一能夠重新加入隊伍就把牠截開，耗盡那些受攻擊者的耐性；因爲被攻擊者的耐性總是遠遠不如獵食者。

當白晝漸到盡頭，太陽在西北方沈落（黑暗已經重返這片大地，夜晚有六個小時長），年輕的公麋回頭救援牠們受困的領袖時，腳步越跑越不情願了。即將到來的嚴冬催促大家快快趕到地勢較低的平地，而眼前看來牠們卻似乎永遠也擺脫不了這個不知疲倦的傢伙了。更何況，受到威脅的並非整個麋鹿群、或者那幾條年輕公麋的性命。對方不過是向其中一員索命，較於自己的生命它就顯得不是那麼息息相關，於是到了最後，牠們都情願繳納這點買路錢。

就在日落黃昏時，老公麋垂著頭站著，目送牠的同伴們——那些牠所認識的母麋、保護的小麋、以及統率的公麋——在漸漸暗淡的天色中，邁動迅速的步伐顛盪向前奔。牠無法追隨；因爲那隻長著無情獠牙的恐怖分子就在牠的鼻尖前蹦蹦跳跳，不肯放牠走。牠的體重整整有一噸零三百磅；牠曾度過一段充滿戰鬥與掙扎、漫長強壯的生活，而最後，牠竟要在一隻頭還不及自己膝蓋高的動物獠牙前面對死亡！

從那時候開始，巴克日以繼夜寸步不離牠的獵物，也不讓牠有片刻的休息，不容牠嚼食樹葉或者樺樹和柳樹的嫩芽。同時牠也不給那受傷的公麋半點機會，讓牠在牠們越過潺潺溪流時解解牠那宛如火在燒般的乾渴。常常，牠會在絕望之餘撒步狂奔好長一段路，巴克也不去阻止牠，只是輕鬆自在地追著牠縱身踴躍，滿足於這種遊戲的方式。當麋鹿靜靜站立時牠便趴下來，若是牠奮力要吃或喝東西時，巴克就會狠狠攻擊牠。

枒叉大角下的大頭越來越常低垂，蹣跚的奔馳越跑越軟弱。牠開始喜歡一站就站上好久，鼻子貼地，耷拉著沮喪的雙耳；於是巴克有了更多的空間可以替自己找水喝，或者歇一歇。在這樣的時刻時，吊著紅紅的長舌、兩眼盯緊大公麋不放，巴克感到某種變化襲上各種事物的表面。牠可以感到大地有股新的騷動。正如那頭麋鹿進入這片土地一樣，別種生物也來啦。森林和小溪彷彿因他們的出現而顫動。這些訊息既非經由影像、也非憑藉著聲音、味道傳來，而是藉著微妙的意識壓迫牠。牠什麼也沒聽到，什麼也沒看到，卻仍然知道這片大地不太一樣了；許多奇奇怪怪的東西步行、漫遊過這片土地，他決心等一解決掉手邊的事就去調查個清楚。

終於，在第四個白天行將結束的時候，牠取走了大麋鹿的性命。接下來的一天一夜裡，牠逗留在麋屍的身邊吃飽了睡，睡飽了吃，依次輪流。然後，充分休息、神清氣爽、身強體壯的牠又轉身向營地和約翰・桑頓的方向跑去。牠安閒自在地大步躍進，一個小時又一個小時未曾稍停，也不曾因爲道路紛亂而迷路。帶著對方向的肯定信心穿過陌生的領域，筆直邁向家園。這種本領，足以教人類和他們所攜帶的指南針相形之下黯然失色。

在一路奔跑之中，巴克越來越能覺察這片土地的新騷動。有些和整個夏季在此活動的動物完全不同的生命遍佈於這片土地。這個事實不再是微妙而神秘地壓迫著牠了。鳥兒談到此事，松鼠吱吱喳地討論它，每陣吹過的微風也都在耳畔低訴這消息。牠幾度暫停腳步，用力深深吸幾口早晨清新的空氣，解讀空氣中一則令牠加速奔騰的訊息。牠深受一股若非災難已經發生，便是正要降臨的意識所壓迫；當牠越過最後一座分水嶺，奔下通往營地的山谷時，行動之間更加小心翼翼了。

牠在三哩路外碰到一條令牠的頸毛一圈圈豎起來的新路，這條路直通營地和約翰・桑頓那兒去。巴克無聲無息，健步如飛地加緊腳步，繃緊身上的每一根神經，對於那些吐露出某個故事——只差不知結局——的諸多細節留意提防。牠的鼻子提供給牠一份隨著實況變動的描述，告訴巴克牠正踏著什麼生物的足跡走。牠注意到森林存在著意識深長的沈寂。飛禽已經悄悄遷離，松鼠消聲匿跡。

他唯一見到的只有——一隻灰不溜丟的小傢伙，攤平了身體伏在一段灰沈沈的枯枝上，使得牠看起來就像它的一部份；一塊枯枝上的木瘤（樹瘤子）。

就在巴克伴著自己優雅滑行的暗影匆匆飛掠之際，牠的鼻子突然像被某股明確的力量攫住、拉扯似的，猛向一旁抽動幾下。牠循著這股新的味道走入一片灌木欉，發現巴格側臥在樹欉下，死於牠拖著身體勉強爬到處，身體被一支箭所貫穿，箭鏃和箭翎各在身體的兩側。

往前再走一百碼，巴克看到桑頓在道森買來的雪橇狗當中的一隻。這隻狗就在小徑上，正在垂死的掙扎裡翻來覆去。巴克沒做停留，直接從牠的身旁繞過。營地那頭傳來許多微弱的人聲，是一種單調歌詠起起伏伏的聲調。巴克腹部貼地游移向空地邊緣，瞧見漢斯仆倒在地，全身上下像刺蝟那樣插滿了箭矢。就在這一瞬間，巴克向原先樅枝小屋所在的地方窺望，看到一幅令牠所有鬃毛豎豎的景像。一陣難以壓抑的暴怒掃遍牠全身。牠不曉得自己在怒吼；但牠的確帶著令人毛骨悚然的兇戾怒吼不絕。這是牠此生最後一次讓熱情趕走狡猾和理性；而導致牠失去理智的，是出於牠對約翰・桑頓那份超越尋常的愛。

那些伊哈特族的印地安人正圍著在樅枝小屋的殘骸旁跳舞，忽然聽到一陣嚇人的吼叫聲，同時看見一頭前所未見的野獸朝他們撲來。是巴克——一陣暴怒的颶風——正帶著摧毀的狂熱兇猛地撲向他們。牠對準最前面那個男子衝去（他是印地安人的領袖），把他的喉嚨撕開一個大口子，破裂的頸靜脈登時噴出一道血柱。巴克沒耽擱半秒鐘工夫去理會那祭品下場如何，反而口足齊動，在下一個箭步中撕開第二個人的喉嚨。牠所向披靡，奮身一躍就跳到他們正中央，連咬帶撕加奪命，可怕的動作毫不間斷地一氣呵成，那些印地安人的箭根本射不中牠。事實上，牠的動作是快得那麼不可思議，以致他們密密麻麻射出來的亂箭反而時常傷到自己人。還有一個年輕的獵人，明明對準騰身半空的巴克擲出長矛，結果長矛卻在強勁的力道中插入另一名獵人胸膛，穿破背部皮膚，露出一大截在外頭。這時印地安人嚇得魂飛魄散，驚恐萬分地逃入森林，像在逃避惡魔追索時那樣沒命地尖叫著。

巴克眞是魔鬼的化身。牠暴跳如雷地對他們緊追不捨，把他們當成奔過樹林的鹿一樣打倒。那一天是印地安人的受難日。他們向四面八方遠遠地逃散開，直到一週之後那些最後的生還者才又在一個較低的谷地集合，清點傷亡的人數。

至於巴克；牠在追逐疲乏之後便轉身重返那淒涼的營地，發現彼特是在剛一遇襲的錯愕之間，就被殺死在睡氈裡；而約翰桑頓絕望掙扎的痕跡，還清清楚楚殘掛在地面上，巴克一小步一小步細細地嗅著，循著那味道直追蹤到一座深水池邊。盡忠職守到最後一刻的絲吉特，頭和前腳都浸在池邊的水中。而被淘洗金礦的洗礦槽攪得渾濁不堪的池子早已變了色，看不出其中的內容物；這其中包括約翰·桑頓的屍體。因爲巴克追蹤他的足跡來到水裡，而出了水池便沒任何別的足跡引向別處了。

巴克一整天不是在池邊憂思，就是在營地附近暴躁地走來走去。死亡，牠知道，就是動作的終止，就是離開生物的生命而遠去。牠也知道約翰．桑頓已經死了。死亡帶給牠一份極大的虛空。有點近似於飢餓，只是那份虛空會教牠頻頻作痛，而且不是食物所能添飽的。有時候，當牠停下來默默凝視那些伊哈特人族印地安的屍體時，牠會暫忘那份痛苦，並且感到萬分自傲——比牠過去經歷過的任何一件事都要驕傲得多。牠殺死了人——天地之間最高貴的獵物——不顧棍棒和獠牙的法令殺死了人。牠好奇地嗅嗅他們的屍體。他們死得眞容易。殺死一條哈士奇犬都比殺他們辛苦。要不是他們有棍棒、箭、矛，根本不是牠的對手。從今以後，只要他們手上沒有箭、矛、棍棒，牠就不怕他們了。

夜晚到來，一輪滿月高高越過樹梢，掛在天空照耀著大地，直到它浸浴於朦朦朧朧的白晝裡。就在入夜時分，整天在池畔哀慟、沈思的巴克感應到除了伊哈特族印地安人帶來的騷動外，森林之中另有一股新生物的騷動，於是變得活躍起來。牠站起身，邊傾聽邊聞嗅。遙遙的遠方飄來一聲微弱、尖銳的嗥叫，緊接著又是聲聲相似的嗥叫在和聲。漸漸地，那嗥叫越來越近，越來越大聲。巴克再次認出那是牠在長存於記憶之中的另一世界裡所聽過的聲音。牠走到曠地的中央側耳細聽。是那呼喚，那多音節的呼喚，在用比以往更具誘惑性、更引人注意的聲音響著。打破以往，牠準備服從於它的召喚了。約翰．桑頓已死。最後的束縛已被剪斷了。人和人的要求將不再羈絆牠。

正如追獵生食的印地安人，正在獵取食物的狼群也由麋鹿遷徙的途經兩側包抄，終於從那片溪流、樹林交錯的平地越過分水嶺，闖入巴克所在的谷地。一進月明如鏡的曠地，狼群就像整片銀色洪流漫佈開來。巴克像尊雕像，寂然不動地站在曠地中央等待牠們的來到。牠站立的樣子是那麼龐大、那麼入定，不由得牠們不敬畏三分。片刻的沈寂之後，狼群中最大膽的一隻終於朝牠直撲而去。巴克如閃電一般地出擊，咬破對方的頸子，然後像先前那樣動也不動地靜立，而受創的野狼則在牠身後痛得滿地打滾。另外三匹狼試圖以連串的凌厲攻勢取勝，結果卻一隻接一隻地在喉嚨或肩膀血流如注的情況下退回去。

這足以教整個狼群震怒了。牠們衝衝動動地一湧而上，在急於打倒獵物的情緒下互相阻絆，亂成一團。巴克驚人的神速和靈巧使牠佔盡優勢。牠以後腿爲軸旋轉，又咬又抓，隨時兼顧每個方向。仗著飛快地左右旋身防備，使自己的正面成爲一道牢不可破的城牆。但爲了避免牠們從自己的後方攻擊得逞，牠不得不退到池邊，涉過池水，踩進溪床，直到後背貼近一堵高高的碎石場。牠且戰且走，退到人們在採礦過程中築起的高堤當中一個直角轉彎處。進了這個直角，牠立刻搶入壁凹。在三面都有石堤防護下，牠只需對付正前方來的攻勢即可。

牠應付得極好。半個小時後，群狼都被擊垮了。牠們一匹匹垂著長舌，白色的獠牙在月光下透著慘白的色澤。其中幾匹趴在地上，抬起頭，耳朵往前豎；另外幾匹站立著，兩眼盯著牠；還有幾匹正在舔著池水喝。其中一匹又瘦又長的灰狼帶著友善的姿態，小心翼翼地走上前來，巴克認出牠便是那曾經和自己共同奔跑了一天一夜的野生兄弟。牠正輕聲地嗚咽著，巴克也嗚嗚低哼著回應，互相碰碰對方的鼻子。

這時一匹骨瘦如柴、滿身戰鬥傷痕的老狼往前走來。巴克扭曲嘴角做出預備咆哮的動作，不過還是和牠互嗅鼻子了。隨後老狼坐下來，鼻尖對著月亮，發出一聲長長的狼嗥。其餘的野狼也跟著坐下來嗥叫。此時此刻，巴克終於清清楚楚聽明白那呼喚的聲調了。牠——也跟著坐下來長嗥。嗥唱過後，牠走出自己的角落。狼群湧到牠四周，半友善半野蠻地和牠互嗅著。幾匹領袖帶動狼群高唱起嗥歌，飛躍入森林。輕鬆奔躍在後的野狼，也以嗥聲相應和。巴克跟著牠們一起跑，與牠的野生兄弟並肩齊步，邊跑邊嗥叫。

巴克的故事說到這裡也該告一段落了。不到幾年工夫，伊哈特族印地安人便注意到森林野狼（譯按：即俗稱的大灰狼）的品種起了一種變化；因爲他們有些狼的頭部和鬃毛摻有幾許褐色的毛髮，胸口的正中還劃下一道雪白。然而比這更值得注意的是，伊哈特人提到一匹帶頭跑在狼群前方的鬼犬。他們很怕這一條鬼犬。因爲牠比他們還更狡猾得多，會在嚴冬裡頭行竊他們的營地，到他們的陷阱邊打劫，殘殺他們的狗，公然挑戰他們最勇敢的獵人。

不，情節愈演愈烈。很多獵人出了門就無法回營；很多獵人被族人發現時喉嚨已被殘忍地撕開，屍體附近的雪地上留下許多比任何狼腳印大許多的狼腳印。每年秋天，當伊哈特族印地安人追蹤麋鹿的遷移時，有座山谷是他們絕對不敢踏入的。而圍在火堆邊的婦人們每當談起惡魔竟然選擇那座山谷做爲永久的居地，就會忍不住地悲從中來。

然而，伊哈特族印地安人並不知道每年夏季，都會有一名訪客來到那山谷。那是一匹體型碩大，毛色光滑耀眼的狼。牠，和其他的狼既相像，又不完全像。這匹獨自從那片含笑的森林平原，越過分水嶺，來到一片樹林間的曠地。在這裡，一只只腐爛的麋皮袋中流出一條金黃的小溪，滲入大地裡。地上長草遍野，植物的枯枝敗葉掩蓋過那小溪，讓它的金芒永不見天日。牠總在這兒沈思一陣，發出一聲悲悲切切的長嗥，然後才會離開。

但牠並非永遠形單影隻。每到漫長的冬夜來臨，狼群追蹤牠們的獵物進入地勢較低的山谷，便會看見牠帶頭在狼群前方奔跑。穿過暗淡的月色或閃亮的北極光，躍動遠遠大於同伴的身軀，強而有力的喉嚨呼吼出一支原始世界的歌曲。那便是——狼群之歌。

〈野性的呼喚　終〉

第二部

生火

天色，在陰陰冷冷中逐漸亮了，超乎尋常的晦暗與冰冷。那人折離育康河畔，爬上高聳的土堤。堤岸上，隱約可見一條旅人來往的小徑穿過肥沃林地向東而去。堤防陡峭。那人爬上堤頂之後便略事休息，喘口氣，暗暗在心底找個藉口是要看手錶。時針已經走到九點，雖然天空萬里無雲，卻也不見太陽露臉，更瞧不出半點紅日將出的端倪。明明是天清氣朗的一天，萬事萬物表面卻依舊罩著朦朦朧朧一團，一抹令白晝爲之昏暗的淡淡陰影，而這一切全歸諸於太陽不曾現身之故。不過，那人卻毫不以此爲憂。沒有太陽的日子他早就已習以爲常。自從上次見到太陽至今有好幾天工夫了，而他知道必需再經幾個晨昏，那令人身心愉悅的星空天體才會再度出現在正南方天際，僅僅窺探一眼，隨即又消失無踪。

那人猛一扭頭，回首張看來時路。一哩餘寬的育康河水藏在三呎來深的堅冰下，冰層之上又堆積起三呎餘高的冰雪。放眼望去，已然凍結成形的積冰呈現和緩走勢，起起伏伏地向遠處延伸，視線所及之處盡是無邊的銀白，唯一打破這張純白畫面的便是一帶如頭髮的輪廓線般繞行叢林密布島嶼，而後扭曲向南伸展的黑線。朝北，它繞過該島一路曲折蜿蜒，直到消失在另一座叢林密布的島嶼後方。那條髮線正是旅人來往的小徑——最主要的一條小徑。往南，它路經齊爾庫特隘口、岱亞，通抵五百哩路外的海口；往北，則道森城就在七十哩以外，再向北行一百哩路又有奴需多，最後再走一千五百哩路，來到濱臨白令海峽邊的聖麥可。

不過這一切——這遠遠延伸的神秘細微小徑，這仰頭不見太陽的天空，這凡人難以抵禦的奇寒，以及這所有所有的奇怪、詭異現象——都不曾在那男子腦海留下深刻的印象。倒不是因爲他早已習以爲常。事實上，此人不過初來乍到，是個新鮮人，而這也是他在此地遇到的第一個冬天。他的問題在於本身完全不具想像力。他對生活中的一切大小事情實都十分敏銳而警覺，可惜那只限於實事實物，並不包括象徵與寓意在內。零下五十度的氣溫代表著冰點以下八十多度（譯按：指華氏。）對他來說，這項天候因素帶給他的印象除了寒冷、不舒服之外便再無其他，絲毫未曾激發他詳加考慮身爲恆溫動物的自己之脆弱，以及一般而言只能生存於某個狹窄範圍的冷熱條件限制之下人類的脆弱；同時，它也未曾誘導他去揣測在這宇宙之中，人類所居之處的範疇。零下五十度的低溫代表的是冰寒刺骨，足以將人凍傷，非得戴上毛皮手套和耳罩、穿上鹿皮靴子和厚厚的長襪無法勉強禦寒。零下五十度對他來說就純粹只是零下五十度，除此以外他想都不曾想過它還有可能具有其他任何意義。

他隨口吐口口水，轉身繼續趕路。那如同爆竹一般緊隨著猝然響起的「嘎扎」碎裂聲，令他陡然心頭一震。他再吐口口水，而這口口水同樣在尚未掉落到冰面之前，便在半空「嘎扎」破裂了。他曉得：沒錯！在零下五十度的氣溫中，唾液的確會在撞擊冰雪的同一瞬間「嘎扎」破碎，但這口口水卻是在半空迸裂的。毫無疑問，此刻氣溫絕對要比零下五十度更低——至於再低多少他就不清楚了。但是氣溫如何並不重要。重要的是，他剛剛繞遠路去探看了一下來年春天要從育康河中各個小島砍伐木材，運往島外的可能性，眼前正要趕往哈得遜河的左側大支流，和數名已經從印地安河流域翻越分水嶺抵達那兒的夥伴會合，履行舊約定。他預計在六點以前抵達營地；誠然，到那時候天色是已經暗了有好一會兒，不過夥伴們會在那兒等著他，同時生好營火，一進營地就有熱騰騰的晚餐可吃。至於午餐——他按按隔著夾克、同時也隔著襯衫，用條方巾包裹起來，幾乎是貼著腹部肌肉放的小包袱。唯有靠這方式，裹在方巾裡的小甜麵包才不至於凍結成冰。想到那一個個被從當中剖開，滲透著醃熏油脂，夾上厚厚一大片烤醃燻肉的圓麵包，那趕路的人臉上便不由自主浮現一抹愉悅的淡淡微笑。

他的身影迅速沒入廣大茂密的針樅林間。小徑依稀難辨。自從上一輛雪橇通過至今已經又降下一尺餘深的積雪，這人暗暗慶幸自己輕裝便捷，不曾駕著雪橇在茫茫雪地裡奔波跋涉。事實上，他全身上下就僅僅帶著那一份裹在方巾裡的午餐。不過，無論如何，他實在很驚訝天候竟會冰寒若此。他舉起戴著毛皮手套的手來揉揉鼻子，搓搓雙頰，心中下定結論：天！的的確確是好冷好冷！儘管蓄著一把禦寒保暖的大鬍子，生長在臉上的毛髮卻依舊不足以保護他那兩側高高的顴骨、以及積極奮勇朝著冰雪抖峭空氣擠進的鼻子不受損傷。

緊追隨著這人腳跟小快步奔跑的是一條土生土長的大哈士奇犬（譯按：屬愛斯基摩犬的一種）；一隻披著全身灰毛，在外觀上、氣質上和牠那些野生狼族兄弟幾無二致、百分之百的狼狗。刺骨的嚴寒凍得這牲口垂頭喪氣。動物的直覺告訴牠實際天候與那人的判斷大有出入。事實上，現在的氣溫不只是低於零下五十度，甚至比零下六十度、零下七十度都要更寒冷。由於所謂冰點是指華氏三十二度，因此這意味著現在氣溫至少比冰點低了一百零七度。

這條狗對於舉凡溫度計之類的東西沒半點兒概念。或許，這頭牲口的腦筋對於奇寒、酷冷的意識並不如那人一般敏銳，但牠有牠的直覺。牠隱約約體會到一股帶著威脅之意的憂懼。這憂懼促使牠屏聲斂息、躡手躡腳緊緊跟隨著那人不敢遠離，促使牠每見他出現一個不一樣的舉動便迫不及待興起疑問，彷彿正滿心期待著他馬上走進營帳，或在某處找個遮風擋雪的地方，同時生起火來。那條狗早已學會了火的作用。牠想要火；否則，至少能在雪下鑽個洞，縮成一團好阻絕寒氣鑽入，保保暖。

由牠口鼻呼出的濕氣凍結之後，早已落在牠的毛皮之上，形成綿綿密密一層霜粉，尤其是鼻、口、雙顎、頰邊、和眼睫毛更全遭凝成冰晶的呼吸之氣染成一片瑩白。而那男人的火紅鬍鬚、以及落腮鬍也同樣凍結成霜，只是密度更為紮實，隨著每一口他所呼出的暖呼呼溼氣逐次累積，愈結愈厚，愈結愈硬。此外，他還一路嚼著菸草，然而嘴角、頰邊的冰，卻像個絡口似的僵硬地牽制住他的雙唇，使得他在吐汁時候沒有辦法把下巴弄乾淨。結果是：他那一把鬍鬚沾染上顏色、形成如同琥珀一般的固體，附著在下巴部位，長度不斷地增長。萬一他跌倒的話，那冰晶鬍鬚準會像塊玻璃似的自動被裂成碎片。可是他根本不在意那把附屬品。它是所有在北地的嚼菸草族都必須付出的代價，而他本人從前也曾有兩次在冷鋒過境期間出過門。他曉得前兩次的氣溫都沒有低得像現在這麼低。不過根據他從六十哩驛看到的氣候資料，那人得知在紀錄上，它們分別為零下五十度C及零下五十五度F。

林木分布均匀的針樅連綿伸展長達好幾哩。那人走到樹林邊緣，穿過一大片密生深色植物的沼澤，適巧來到某條河床已然凍結成冰的細流之岸。這條細流正是哈得遜河，而他知道此處距離河流的分岔口尚有十哩路程。他看看手錶，時間是上午十點鐘。此刻他正以每小時四哩的速度向目的地邁進，預估到中午十二點半時便可抵達河流分岔口。為了慶祝這項結果，他決定就在那兒吃他的午餐。

正當他沿著河床旁邊搖搖擺擺行走時，那條狗兒再度沮喪地垂著尾巴，亦步亦趨追在他的腳跟旁。古老的小徑上，經年累月壓出的溝道清晰可辨，只是在最後一批滑橇的橇痕之上，早就覆蓋起厚達十餘吋的白雪。這條寂靜的小河邊已有將近一個月沒有人煙往來。那人持續踏著穩健的步伐向前行進。他天生不是多思多慮的類型，而在那一時一刻，他滿腦子想的更是除了要在河流分岔口吃午飯、六點前進入營地和夥伴們會合便別無其他。他的身邊沒人可交談；就算有，嘴巴上那個冰絡口也會令他無法開口，不能言語。因此，他只有繼續單調地嚼著菸草，任下巴上琥珀鬍鬚越留越長。

偶而，他的腦中也會反覆閃過今天好冷好冷，從來沒有遇過這麼寒冷天氣的念頭，戴著手套的手也常會不自覺地抬高起來，走著走著，便用手背搓搓顴骨；時而左手，時而用右手。但揉歸揉，搓歸搓，只要他一停止動作，兩邊臉頰馬上又會被凍僵，緊跟著下一瞬間鼻尖也僵掉。他的兩邊臉頰無疑已經凍傷了；那人無限懊惱，痛悔自己沒有設計一個像巴德在冷鋒期間所戴的那種束鼻帶。這樣一條鼻帶子不但通過兩邊顴骨前方，同時也護住了它們。不過，反正那也沒啥大不了。臉頰凍傷又怎樣？只不過就是有一點點兒痛罷了；這，向來稱不上是啥嚴重的大事。

儘管那人腦袋裡頭沒裝半點思慮，兩隻眼睛的觀察力卻是敏銳異常。他沿路留意小河本身、河道轉折、彎度、以及叢生樹林的變化，時時刻刻提高對即將落足之地的警覺。有一次，走到某個河道轉折之處時，他猝然像匹受驚的馬兒一般驚跳而起，退後幾步，避開了那個定點，循著小徑繞大弧度行走。他很清楚那條小河上自河面、下至河底都已百分之百凍成堅冰——在那樣的極地寒冬氣候中，沒有一條溪流、河川可能容納液態的河水——卻也同時明瞭在那堅硬的河冰頂上不免會有幾股山泉流過，又被磑磑的白雪覆蓋在其中，即使遇到最強烈的冷鋒，也不可能凍結住這一股股自山坡湧出的泉水。此外，他更明白它們所夾帶著的危險。這些山泉一股股盡是些陷阱，各自將其水坑埋藏在可能薄得只有三吋、也有可能厚達三呎的積雪下。有時是水潭上覆著半吋厚的薄冰，冰上又覆蓋著白雪。有時候也會遇上一層薄冰一層水、一層水上一層薄冰的狀況，因此一旦有人踩破冰面時，就會一連蹬破好幾層，偶而甚至會深到讓自己的下半身全都給浸濕。

正因此故，所以他才會緊張兮兮地忙不迭地跳開。他已感受到腳下水雪在溶解，聽見埋藏在積雪底下那片薄冰迸裂的聲音。在這等低溫之中只要弄濕雙腳即代表著會惹上麻煩與危險。至少至少，也意味必須受耽擱。因爲如此一來他就勢必得要被迫停留原地，生起火來烘乾長襪和鹿皮靴，在此同時更需藉著火溫來保護赤裸的雙足不受凍傷。他站在那兒仔細研判河床以及兩岸狀況，斷定水流是來自右方。在略經一番深思熟慮後，他揉揉鼻子，搓搓雙頰，走一步，試一步，估量準了落足點，小心翼翼地繞行到左岸。等到完全脫離險地後，他便立即重捻一口菸草，送進嘴裡咀嚼起來，同時邁動搖搖擺擺的步伐，以時速四哩的步速向前邁進。

在緊接下來的那兩個小時路程裡，他又遇上幾處小陷阱。通常若遇底下暗藏水坑的地方，覆蓋在上面的積水外表往往呈現結晶狀，而且顯得較爲低陷，因此過路之人一眼即知可能有危險。然而，先前那種千鈞一髮的情勢還是又教他撞上一遍；這回他一懷疑到可能發生危險，馬上強迫狗兒走在他前面。那條狗畏畏縮縮，不願上前，最後還是被那男子使勁一推，這才飛也似地竄過完整無缺的雪白地表。突然間，牠的腳踏穿了積雪，急急忙忙掙扎脫困，衝向一旁，總算踩到較爲穩固的立足點，同時兩隻前掌和前腿都被坑水沾溼了，轉眼間附著在牠腳上的水就凍結成冰。牠趕緊努力舔掉腿上的寒冰，然後坐在雪地，開始啃掉凍結在腳趾與腳趾之間的冰雪。這是本能問題。若是默默容許那寒冰繼續殘留在腳上，兩隻前腳必會劇痛難當。而牠並不知道會有此種結果，只是莫名地服膺那自體內深深隱秘處發出的神秘催促。可是對於此類事情已經深具判斷能力的趕路人卻懂得。他扯下右手手套，幫忙剝開凝凍在牠趾間的冰顆粒，五隻手指才剛剛暴露在空氣中不到一分鐘時間，然上愕然發覺鑽心刺骨的寒氣一下就把它們凍僵了。好冷！好冷好冷呵！他慌慌忙忙又把那只手套給戴上，對著胸膛，提起手來就是一陣狠狠的胡拍亂打。

中午十二點是一天天色最亮的時候，可是正當進行冬季之旅的太陽行蹤卻在遙遠的南半球，威力不足以延伸到地平線的那端，掃盡朦朧混沌的陰霾。隆起的地表橫亙在它與哈得遜河間。雖然是正午時分，萬里無雲的晴空下，走在小河岸邊的那人卻不曾拖出一絲半吋的黑影。十二點半，他一分不差，準時到達小河分岔口，對於自己截至目前爲止的速度感到很滿意。只要能夠繼續保持這樣的進度，六點以前他絕對可以趕到營地和夥伴們會合。他解開夾克和襯衫鈕扣，取出午餐來，整個動作前後不會花費超過十五秒時間。然而，縱使才只這麼短短一會兒工夫，曝露在空氣中的手指依舊馬上開始麻木。這回他不再急著將手套戴回手上，取而代之的是使勁兒用那五根手指頭在大腿上連拍十幾下，然後坐在一段被白雪覆蓋的大圓木上吃午餐。令他震驚的是，剛剛用力拍打大腿時候產生在五指之上的刺痛感，一眨眼間又馬上消褪得無影無蹤，讓他連想要咬口小圓麵包的餘暇都沒有。他只好不斷重複地用那五根手指頭去拍大腿，戴上手套，脫了另一隻手好方便吃午餐。他企圖一張口就咬下滿滿一大口東西，可惜那箍在嘴邊的冰絡口卻妨礙著他的進食。他忘記應該先生堆火好把凝凍在身上的寒氣、冰雪給溶解。這愚昧的疏忽令住不由得呵呵傻笑著自我解嘲起來。一面笑，一面察覺到麻木、僵硬的感覺悄悄爬上那沒戴手套的手指。同時他也注意到，剛剛坐下來時傳送到腳趾那針扎一般的刺痛，這時候也已在漸漸地消逝。他不曉得那十根腳趾究竟是暖和抑或麻痺。總之，他把它們移進鹿皮靴子裡，隨即斷定它們是給凍麻了。

這時的他當眞是有點嚇壞啦，急急忙忙套好手套，站起身來，拚命跺著雙腳，直到那針扎一般的感覺又回到腳部，腦海中只顧想著：好冷！果眞是好冷好冷呵。當初那個來自硫磺河的前輩說的一點都沒錯；他說這片地帶有時冷得會教人連骨頭都直打哆嗦，而那時他卻只是報以不屑一顧的譏笑！所以說：天下事，誰都不可太自信過了頭。那人說的一點都沒錯，天，的確是眞冷！他來回踱步，不斷地搥臂頓足，總算身體慢慢恢復了溫暖。這時他掏出火柴，開始著手生火。之前那個春天小河漲水時漂來了不少枯枝，勾留在矮樹欉間不曾隨水退去。那人利用這些枯枝先戒愼戒懼地生起一小堆火，很快地火焰便熊熊竄起，烤溶凍結在他臉部的冰雪，同時保護著他順利吃下那些小麵包，而他也得以暫時因此智慧勝過嚴寒。火光中的那條跟班狗心滿意足地舒展開四肢，躺在不遠不近，既可取暖，又不會遭到灼傷的地方。

吃完午餐之後，趕路人將菸斗塡滿了菸草，舒舒服服地抽它一會兒，然後戴上手套，扶正帽子，讓連在帽子下的兩個耳罩紮紮實實地把耳朵蓋好，隨即踏上小河的左側支流繼續向前走。身邊的那條狗兒失望透了，恨不得能回頭繼續賴在火堆邊。此人不知寒冷爲何物，或許他千年萬代、生生世世以來的祖先都不明瞭寒冷——眞正的寒冷——低於冰點以下一百零七度的嚴寒是什麼。可是那隻狗曉得；牠所有的祖先全部都曉得，而牠也承襲到這份知識。牠懂得在如此可怕的嚴寒氣候中外出行走絕非好事。遇到這種時候，就應該舒舒適適地窩在溫暖的雪洞裡，等待一片雲幕飄來，遮斷那送來嚴寒的外太空。

話說回來，這一人一狗之間並沒有特別親蜜的情感。這狗只不過是替那人拖物運重的奴隸，而對方唯一給過牠的關照也只不過是長鞭、以及威脅要用長鞭鞭打牠的嚴厲嗓音發出的特別「關照」。因此，那條狗一點也不想努力把自己的憂慮傳達給趕路人知道。牠之所以強烈渴望回到火堆邊純粹是為了自己好，一點也不包含替那人安危、福利著想的成份在內。可是那人卻吹著口哨，嘴裡「呼呼」有聲地學著皮鞭揮舞聲對牠叱喝，牠也就只好乖乖地一搖一晃，緊跟著他走嘍。

那人咀嚼著一口菸草，重新開始蓄起一把新的琥珀冰鬍。而他所呼出的潮溼氣息，也迅速將鬍鬚、眼睫、眉毛都染上點點霜白。哈得遜河的左支流附近似乎沒有太多湧泉，那人持續走了半個小時的路都沒再瞧見任何泉水蓄積雪下的痕跡。就在半個小時之後意外發生了。他進到一處外表看起來完整無瑕的雪地上，柔軟平整的雪面彷彿在向人宣告著底下是堅實的冰層。就在這絲毫不見半點徵兆的地方，那人一腳踏穿了冰雪。雪下的水坑蓄得並不深。他七手八腳爬了上來，踩到穩固的冰殼上，發現坑水只浸濕他的小腿，還沒波及到膝蓋部位。

他氣沖沖地破口大罵，抱怨自己是何等倒楣。原本希望在六點鐘前抵達營地和夥伴們會合的，這會兒爲了生個火來烘乾腳上的鞋襪，起碼就得再延遲一個鐘頭。他心中有數，在此等低溫之下，那道程序是絕對不可省略的。他於是轉身朝向河堤往上爬，到了堤頂，只見圍繞在幾株小針樅樹幹四周的叢藪，交纏著好些高水位時節推送到那兒以後遺留下來的乾柴薪——大體上是以一些細枝、嫩條爲主，除此之外，已經乾枯的枝幹和去年生長過的青草也不在少數。他先在積雪表面鋪上幾段較粗大的柴薪做底，同時防止融化的雪水將剛生起的火苗淹滅，接著從自己的口袋掏出一小片紙還容易著火的樺樹皮，擦枝火柴就把它給點燃了。他把這片帶著火焰的樹皮放到底座上，再添加幾把乾草、幾根最細的乾樹枝，好讓它能燒得更旺。

他小心翼翼、慢條斯理地做著這項工作，深深明瞭自己目前所處的危機。漸漸地，眼看著火焰燒得較爲熾烈後，他也就開始往火中投入較粗的枝條。他蹲在雪地上，從雜草、矮樹叢中扯出夾纏在裡頭的樹枝直接丟進火光裡。他知道自己絕不能失敗。

在零下七十五度的低溫威脅下，不管是誰，只要他一嘗試生火就絕對不能夠失手——這話是指：假使當時他的腳弄溼了的話。如果當時他的兩腳乾乾的，那麼就算生不起火，他也只需要沿著小徑奔跑個半哩路左右，讓血液循環恢復暢通就行了。可是遇到華氏零下七十五度的超低溫，兩隻又溼又凍的腳，就算再怎麼跑也不會起作用，不能夠恢復血液循環的暢通。不管他跑得有多快多急，溼掉的雙腳，還是只會凍得更堅硬。

條條道理這人全部都懂得。那名硫磺河上的老前輩在之前這個秋天就曾對他忠告過了，此時此刻，他對他的指導感激得不得了。他的兩隻腳上已經失去所有的知覺。爲了生火他不得不摘下了手套，十隻手指很快就給凍僵了。原先每小時四哩的步速促使心臟不斷維持將血液壓縮到身體表面和手足四肢。可是就在他暫時停止趕路的同一瞬間，壓縮血液向各處輸送的動作也立即鬆緩下來。從太空襲捲而下的冷氣流直撲這星球一無屏障的極點，而，身處在那一無屏障極點的他，便完全承受到這陣氣流百分之百的威力。頂著它，他體內的血液畏縮了。就像那條狗一樣，那血是活的；同時它也像那條狗一樣希望躲得遠遠的，把身體嚴嚴地掩藏住，避開這可怕的嚴寒。只要他能隨時保持以時速四哩的速度走動，就絕對能隨心所欲地壓縮血液，把它運送到體表；可是現在它卻在一波波退卻，沈澱到他身體深幽的內部裡，而首先感受到缺乏血液的便是手腳四肢。淹濕的雙腳，曝露在空氣之中的十指，雖然都還未開始凍結成冰，卻加快了結凍、麻痺的速度。正當他全身皮膚因爲喪失血液而止不住戰慄的同時，他的鼻子、雙頰也已經漸漸凍僵了。

不過，他的安全無虞，臉頰、鼻子、腳趾遭受冰害霜欺的程度最多也只會到達像被搔了一陣癢而已，因爲火勢已經開始燒得嗶剝有力。他接著往火堆裡加進手指般粗的枝條，不一會兒，就可以投入手腕粗細的枝幹，然後脫掉弄濕的鞋襪，一面烘乾，一面先按摩一下赤裸的雙腳，最後將它們移近火堆旁取暖。這火生得很成，他也得到了安全了。此時想起硫磺河上那位前輩的勸告，他臉上不覺莞爾一笑。該位前輩戒慎戒懼、鄭重萬分地立下準則，叮嚀一旦氣溫降到零下五十度以下，就千萬莫隻身獨個行走在克朗岱克區。喏，他現在人就在這裡；他是碰上了意外；他單身獨個；同時他也保住了自己的生命。他暗忖：那些老前輩們有的還眞是婆婆媽媽得可。不管是誰，只要能保持頭腦清醒就成啦；而他一點問題也沒有。意外的是，他的鼻子、臉頰竟然那麼快就被凍得發僵。更沒想到，他的十隻手指頭會在短短的工夫裡失去所有的知覺。令他幾乎無法指揮它們合力握住一根樹枝，彷彿離他的身軀、離他個人好遙遠，好遙遠。當他碰著一根枝條後，他必須先仔細看看，才曉得自己究竟有沒有拿著它。聯繫於他本身和他的十根手指尖間的線路可以說是完完全全失效了。

這一切一切都不算什麼。眼前有火；每一條不斷竄動的火舌所發出的劈啪、嗶剝聲都預示著生存下去的希望。他開始解開鞋帶，兩隻鞋上已經覆蓋著一層白冰，而厚厚的德國長襪就像對鐵鞘般分別套住他的半條小腿，至於鞋帶則如鋼針似的，被部分火焰烘烤得扭曲、打結。最初，他拚命用兩隻麻痺了雙手去扯它們，但旋即恍然大悟這種動作有多麼愚蠢，他於是抽出隨身攜帶的鞘刀來。

然而，他還來不及削斷鞋上的鞋帶，事情就突然發生了。全怪他自己的錯；或者，不，應該說是他的判斷有誤。他不該把火起在針樅樹下的；早知道若在空地上面生火就好了。可畢竟選在這個地點，要從叢藪之間拖出樹枝，直接投入火裡是會方便得多。話說，伸展在他起火位置上方的枝幹都已壓著沈重的積雪，接連幾週沒有強風吹襲的天候，使得每根枝椏所承載的雪量都維持飽和。他每抽一根樹枝，就會引發那棵針樅一陣輕微的顫動——就他看來是輕微得幾乎難以察覺的顫動，可是實際上卻已足以導致這場災難。樹梢上，高高積壓在某根枝頭的積雪倏忽全數傾覆而下，打中底下的枝椏，促使那些枝頭的積雪也隨之大量抖落。同樣的程序持續發展，擴及到整株針樅，頓時滿樹白雪就如雪崩似的，毫無預警地打在那人身上、火堆上，整個火勢全被打滅了。原先燃著火焰的地方，就此變成一片七零八落、初初成形的雪地。

那人錯愕萬分，就彷彿剛剛聆聽到自己被判死刑的宣告，一時跌坐在地，茫然自失地呆望著原先生火的地方。不久，他的神情又變得非常非常鎮定。也許那名硫磺河的前輩說得對，倘若他有個夥伴同行現在就不會身陷險境了。如果有同伴，那名同伴大概早就把火生好了。現在要想再重新起火就只能全靠自己啦，而且絕對不能夠失敗。縱然他可以順順利利生好火，恐怕也很難避免要賠上幾根腳趾頭。此時的他雙腳一定已經被嚴重凍傷，可是想要生好第二堆火卻得再耗上好一會兒。

他滿腦子想的淨是這些念頭，不過卻也不是光坐在那兒考慮這些。他一面想，一面忙著鋪造新的起火底座。這回他選的是塊沒有任何遮蔽的樹木會來把火堆打熄的空地。緊接著他又從河水高漲時遺流下的枯枝敗葉間收集乾草和細枝。雖然十指無法併攏來把它們拉出來，不過他卻可以利用一手一把的方式將它們刮起來，藉此收集到不少枯枝和少許沒有啥用處的青苔，只是頂多也就只能做到這個地步了。他按部就班地努力工作著，甚至撿拾了一大把準備等到火勢燒得較旺後用來助燃的粗大枝幹。在他進行這些工作的同時，跟班的狗兒就坐在旁邊，全程帶著熱烈渴望的眼神盯著他看。因爲牠視他爲火的供應者，而那火卻來得好慢，好慢。

一切準備就緒後，那人再次把手伸進口袋準備掏出第二片樹皮。儘管他無法憑藉手指感覺出他是否碰到它了，卻可在摸索尋找的過程中聽到它悉悉索索的聲音。他竭盡所能想把它抓在手上卻抓不起來。而在這過程間他什麼感覺都沒了，又意識到自己雙腳想必正隨著時間，一秒凍得比一秒更僵。這樣的念頭幾乎使他陷入恐慌中，不過他努力抵抗它的威嚇，並儘可能保持鎮定。他用牙齒咬著手套，將它們套回手上，然後來回揮動雙臂，同時盡其所能地用雙手去拍打腰部。他一會兒坐下來做這些動作，一會兒站起來做，而跟隨出門的狗兒卻始終坐在一默默盯著他，兩隻靈敏的耳朵專注地向前伏貼，一條如狼一般毛茸茸的尾巴溫暖地盤繞在兩隻前腿上。那人一面瞅著那在自己的天然保護工具掩護下溫暖而安全的動物，一面拍腰、揮臂、甩手，一股莫名的嫉妒瞬間湧上心頭。

沒過多久，他遙遙察覺凍壞的手指傳來第一波感知的訊號，隱隱約約的針刺感隨即漸漸增強，擴展成一股極端強烈的刺痛，可是他卻因此而發出得意的歡呼。他脫下右手手套，掏出樺樹皮，暴露於寒氣中的手指很快又再度麻痺。緊接著他又伸手摸出一捆硫磺火柴來，不過無盡的寒氣卻已趕跑了他五根手指頭的活動力。他努力嘗試從整捆火柴中抽出一根來，結果卻弄得整捆都掉到地上。他企圖把它們從雪地裡撿起，可惜完全沒法兒辦到。那變硬的手指既不能觸摸，也無法抓住東西。他謹慎萬分，將一切有關逐漸冰凍的雙腳、鼻子、臉頰等等雜念都逐出腦海，全心全力去應付那捆火柴。他盯著它們，運用視覺去取代觸覺。當他眼見自己的五指分別放在火柴兩邊時，便用力將它們合住——應該說，一意要將它們合住。因為五指之間的聯繫線路已然失效，整個手掌根本不聽意念的使喚。於是，他又重新戴好右手手套，拚命用那隻手去猛力搥打膝蓋。然後，終於用兩隻手一起將整束劃上來放在大腿處，同時也劃上不少的積雪。然而，到此爲止，他的情況依舊很不利。

經過一番辛苦努力後，他好不容易將整捆木柴撥進戴著連趾手套的大拇指與食指的指根之間，再捧到嘴巴前，然後奮力張開嘴巴，箍在雙唇四周的冰環剎時扎扎嘎嘎地裂開。他縮下巴，噘上唇，用上排牙齒刮擦著那捆火柴，以便從中分離出一支來。他成功辦到此事，而那根被分離出來的火柴就掉在他的大腿上。他無法撿起那支火柴，所以處境還是照樣很艱難。他想了又想，總算想到一條策略。他用牙齒搥起那火柴，然後咬著它在腿上來回摩擦，總共劃了二十來下，總算把它擦亮了，這才啣著它，準備放到樹皮上。可是燃燒的硫磺煙氣順著他的鼻孔鑽進了肺臟，引起他一陣痙攣的咳嗽，咬在嘴裡的火柴也就掉落在雪地，熄滅了。

在繼之而來那陣可怕的短暫失望情緒中，那人默默想著：硫磺河畔的前輩說的眞沒錯，一旦氣溫低於零下五十度，出門的人就應該找人結伴同行才好。他努力拍打雙手，卻再也刺激不出半點感覺。突然間，他用牙齒把兩只手套都給脫下了，露出兩隻一無保護的手掌，再用雙手靠近腕關節部位夾起整束火柴，由於手臂肌肉尚未被凍僵，因此能夠運足力氣把它們緊緊夾住，然後劃過大腿，摩擦那些火柴頭，七十隻火柴瞬間燃成一道熾熱的火焰。曠地無風，不至吹熄這火苗。他偏著頭躲避那嗆得令人窒息的硫磺煙，夾著火柴準備把它們丟在樹皮上，突然手部產生了知覺。他的皮肉著火了。這股味道他聞得出來。他感覺到燃燒的程度已經傷害及表皮以下深處的組織。那知覺漸漸加重成劇烈的痛楚。不過，他依舊強咬牙關默默忍受著，笨手笨腳地將夾在兩手間的火柴移向樺樹皮。由於木身燒到手的情況下，火焰又分走了大部分的火焰，因此樹皮並無法一下子就輕易引燃。

最後，他終於再也忍不住被火燃燒的灼痛，乍然分開雙手，整束熾烈燃燒中的火柴便嗤嗤有聲地掉落雪面，幸而那片樺樹皮也順利著火了。他開始將乾草和一些最細的枝條往火焰裡丟。由於他必須合著雙掌剷起這些燃料，因此既無法挑揀也不能夠篩選，只能儘量利用牙齒將一些附著在細枝上的小枝木片和青苔剔除掉。他小心翼翼、動作笨拙地照料著這點兒火苗。有了它就有了生存的指望，所以絕對不能給滅了。此時所有流到體表的血液都漸漸向體內回縮，所以那人開始忍不住渾身顫抖，動作也就顯得更加笨拙了。一片大片青苔不偏不倚地正好掉在小火堆上。他試圖用手指把它給撥向一旁，可是不斷打著哆嗦的身體卻害得他撥動過度，把整個小火堆的核心點都給瓦解了，燃燒中的枯草和樹枝也因此四散分開。他嘗試將它們重新撥攏在一起，可惜無論多麼費心使力，陣陣顫抖依然令他難以控制自己的動作，帶火的細枝也就回生無望地散落在周遭，每根枝條冒出一縷白煙，熄了火。生火行動失敗了。那人神情慘淡地環顧四周，兩道視線不期而然落在隔著火堆餘跡坐在雪地，時而輕抬左前腳，時而換成右前腳，帶著熱切的渴望之色盯著他，不斷來回移動身體重心的雪橇狗。

看見那條狗令他興起一個瘋狂的念頭。他想起一則有關某個男子的故事：那人在野地裡頭碰到大風雪，於是殺掉一頭公犢，鑽進牠的遺骸中，最後因此而得救。他恨不得殺了眼前這條狗，把手插入牠溫熱的屍體內，直至僵硬、麻痺的情形完全消失，如此便能再另外生起一堆火。他對著那狗說話，頻頻呼喚牠過來；可是他的嗓音中透著一股奇異的恐怖味，讓那從未聽聞他如此說話的牲口聽得暗生驚怕。牠與生俱來的多疑性情嗅出這其中必有蹊蹺，可能存在什麼危險性——雖然並不知道究竟是啥危險，可是腦海裡頭卻莫名其妙地對那人產生惴惴不安的警戒心。牠耳中一聞那人聲音便伏平雙耳，時刻不安、拱著肩膀，輪流微抬前腳、更換重心的動作幅度也變得更大、更明顯；但牠絕不走近那人的跟前。於是他索性雙膝落地，趴在地上，手腳並用地朝牠爬來。這反常的姿態再度助長狗兒的狐疑，連忙橫著碎步往旁避開。

那人放棄這套招數，在雪地上靜坐一下，力圖鎮定自己的心緒，隨即利用牙齒，咬著手套把它們套回手上再站立起身。由於雙腳已經喪失知覺，因此缺乏那種與雪地之間的聯繫感，所以先得低頭瞄上一眼，才敢確定自己已經站起來。這個挺立姿勢本身立即揮走狗兒心中的疑雲；而等他語氣專橫、帶著呼呼吆喝之聲說話時，那條狗反而做出習慣反應，朝著他走來。及至牠走到他伸手可及的範圍時，那人頓時失去了控制。他飛快地揮出雙臂，想要抓住那隻狗，未料竟然發現兩隻手已無法抓握東西，十隻手指也失去彎曲或感覺能力，這才眞正爲之而大驚失色。他一時忘了他的手早就凍僵了，而且越來越僵冷。這一切都發生得非常非常快，趁著那狗還來不及跑開，他已用雙臂環抱住牠，然後坐在雪地，摟著那聲聲嗚咽、狂吠，拚命掙扎的牲畜。

但他最多也就只能做到這個程度了——環抱住牠的身軀，無可奈何地坐在雪地裡。他明白自己不可能殺掉那條狗；他根本就無計可施。光憑這兩隻一無用處的手，他既不能抽出鞘刀，也不能握著它，更遑論要將它刺入那牲口的身體了。所以他乾脆放了牠；而牠更立刻夾著尾巴，飛似的向前奔逃；一邊逃，還一邊照樣狂吠不止，待到足足衝出四十餘呎距離才煞住腳步，機警地向前豎著耳朵，帶著古怪而好奇的眼神上下打量他。

那人低頭看看自己雙手，以便確定它們所在的位置，結果發覺它們正掛在手臂的尾端。想到一個人竟然必須利用眼睛來找出自己的手部，他的心頭不由得詭異地一震。他開始來回揮動雙臂，並用戴著手套的手猛力拍打腰部，整套動作足足持續五分鐘，總算他的心臟有了足夠力氣將血液壓縮、運送到體表，暫時止住了顫抖。可是他的兩手依舊毫無知覺。在他印象中，它們好像是像兩個秤錘一樣分別掛在兩隻手臂的尾端，然而當他試圖搜索這種印象源自何處時，卻發現自己無法找到。

一股死氣沈沈、帶著強烈壓迫感的恐懼死亡心理乍然降臨他身上。當他領悟到問題已經不再只是凍僵手指和腳趾、失去雙手和雙腳，而是攸關生死，同時情況又對他極爲不利後，這股恐懼頓時變得相當痛切而強烈。他驚慌失措，轉身沿著來時朦朦朧朧的舊路衝向河床，而一路跟隨著他的狗也撒開腳步，追在他的背後跟上去。他懷著這一輩子從未有過的恐懼，沒有目標，盲目地奔跑。慢慢地，當他拖著腳步，跌跌撞撞地在雪地中吃力向前奔跑時，周遭的景物又重新映入他眼底——小河堤岸，古老而又茂密的針樅林，枝禿葉落的白楊，以及一大片天空。這陣跑步使他通體舒暢多了，身體也不再冷得顫抖。也許，假使他繼續奔跑下去的話，僵硬的雙腳就會解凍。再說，無論如何，只要他跑得夠遠，終究會奔抵營地和夥伴們碰上面。無疑的，他會失去幾隻手指和腳趾，以及部分的臉龐；可是等他跑到營地後，那些伙伴一定會好好照料他，同時爲他保住仍舊存在的部分。不過在這同時他的腦海裡又浮現另一個念頭，告訴他說他將永遠無法趕抵營地，見到伙伴們；畢竟此處距離營地還有那麼遙遠的路程，而冰凍工程又打一開始就佔了他太大的優勢，再過不了多久他就會全身僵硬，然後踏上死亡之路。他把這個念頭置諸腦後，拒絕加以思考。雖然有時它硬是自己擠上前來，強硬地要求他傾聽，然而，他卻把將它推回幕後，努力去想別的事情。

他猛然驚異地想到自己竟能用凍得如此僵硬的雙足奔跑；當它們承受著自己全身的重量撞擊到地面時，他也完全一無所覺。在他自己意識中，他就彷彿一路沿著地表上方飛掠而過，和土地之間連半點接觸也沒有。他曾在某處看見過一尊展翼翱翔的神使墨丘利（Mecury），此時心中不覺納悶：不知那信使之神的感覺是否如同他飛掠過地表上空時一樣。

他這套一路直奔營地和夥伴會合的因應之道中存在著一大毛病：他缺乏持久的耐力。在沿路奔向營地的途中他幾度腳步顛躓，終至於踉踉蹌蹌，猛然栽倒。他努力想要站起，結果卻站不起來，於是決定必須坐在那兒，好好休息一下，等待會兒站起之後，他準備只靠步行，保持前進就好了。正當他坐在那兒歇息喘氣的同時，這人注意到自己感覺相當溫暖舒適，非但身體不再顫抖，而且彷彿有股暖暖的光熱傳達到他的胸腔、軀幹裡，只是當他再摸摸臉頰、鼻子時，卻發覺它們依舊沒有半點知覺。奔跑不會促使它們解凍；同樣的也不會消解四肢的凍結。這時他猛然想到自己身體凍僵的比例必定在擴大。他勉強試著去壓抑這些思維，去忘掉此事，去想一想別的。他感受到由它引起的恐慌，而他害怕這種恐慌的狀態。可是那個念頭卻硬是強行跳出來，趕也無法趕走，驅也驅不離，最後甚至製造出一幕幕的全身已經完全凍僵的幻像。他受不了啦！這人起身拔腿便沿著小徑展開另一段瘋狂的奔跑，雖然一度放慢腳步轉變為步行，不過那結凍部位不斷擴張的意念，卻促使他又馬上加速狂奔起來。

這一路上，那條狗都緊追著他的腳跟跟著牠，等他二度跌倒在地後，牠便帶著專注而又急切的目光，好奇地坐在他的面前面對著他，尾巴盤到前面來蓋住自己的前腳。那隻畜牲的溫暖、完全激怒了他，令他對牠破口大罵，直罵得牠求和告饒般地伏低了雙耳。這回那人遠比前次更加快速地打起哆嗦。在這場和寒氣、冰雪的戰役之中他吃了個敗仗。冰凍之氣從全身四面八方悄悄鑽進他的骨子裡。想到這兒，他就趕緊忙不迭地重新拔腿奔跑，只是跑不到一百呎的距離便搖搖晃晃，整個人向前仆倒了。這是他最後一陣的恐慌。等他調平氣息，恢復控制之後，那人便翻身坐起，腦海中隱隱產生一股以尊嚴方式面對死亡的觀念。只是這股概念的產生並不是出於尊嚴本身的問題，而是他心中陡然靈光一閃，想到自己活像隻明明被砍了頭還滿地亂跑的小雞，根本就是在自欺欺人——這才是驀然浮現在他心頭的比擬吧！

總之，罷了，反正他既然注定要被凍死，何苦不乾脆坦然大方接受這個結局呢？於是，在這剛剛產生的安詳心境下，第一波困倦的微光漸漸籠罩他身上。他心想：在睡眠之中安然地死亡，眞是一個好主意！那就好像被打了一針麻醉劑一樣。凍死並不如人們想像中那般可怕，比它更糟的死亡方式還比比皆是哩。

他想像著隔天伙伴們找到他屍首時的畫面，忽然間發現自己正和他們一道兒沿小徑走來，尋找他自己。然後，他繞過一處小徑的轉角，依舊是和他們在一起，發現自己躺在雪地上。他再也不附屬於他本身了；因爲即使是在那一刻，他還是和夥伴們站在一塊兒注視著雪地中的自己。天，眞的好冷好冷呵！他心想著。等他回到美國後，他就可以遍告親戚朋友們什麼才叫眞正的寒冷了。他的形體飄離開這幅幻像，進入另一幅幻像之中，來到硫磺河。他可以清清楚楚看見硫磺河上那位老前輩，正自溫暖和又舒適地抽著一管菸斗哩！

「你說得對，老兄；你說得對極了。」他含含糊糊地對那硫磺河上的老前輩說道。

隨即這人便酣然進入彷彿他有生以來最甜、最舒適的夢鄉裡去了。那條狗面對著他坐在那兒靜靜等待。眼看著，一個漫長的黃昏即將緩緩吞噬掉這短暫的白晝，而眼前卻瞧不出半點即將有火生起的跡象。除此之外，在那條狗的經驗之中也從沒看過有人像他那樣，連個火也不生就乾乾脆脆坐在雪地上。隨著天色漸漸暗淡，對於火的渴望主宰了牠，在一個大幅度的起立及移動前腳重心動作中，牠輕輕嗚咽一聲，伏平雙耳，預料準會遭到那人的叱責，但是對方卻完全不見動靜。不久牠開始大聲嗚嗚，而後更躡手躡腳地趨上前去，嗅到死亡的氣息。這股氣息令牠聳起領毛，步步退卻，遲疑一陣以後，終於在陡然躍上淒寒天空、一顫一顫閃爍明亮光輝的星星照耀下，長嗥數聲，然後轉身朝著牠心中熟知的營地方向，快步沿著小徑奔馳而去。在那兒，有著其他的食物供應、以及火的供應人。

第三部

妖怪

那條狗是頭惡魔！通北地裡，無人不是這麼公認的。許多人稱呼牠為鬼物，但牠的主人布萊克．雷科雷赫卻偏替牠取了個顏面掃地的名字，叫：妖怪。話說布萊克．雷科雷赫本身也是號惡魔，一人一狗，天性相近，相互搭配極了。在他倆初次相遇的時候，妖怪還只不過是隻餓得一身瘦巴巴、兩隻眼睛苦得出水的小小狗。當時雷科雷赫如同野狼一般掀起上唇，露出一口凶殘的白牙。是以，這對人和狗便各自帶著陰狠的表情，在撲、咬、咆哮、攫奪的陣仗中兩相遭逢。隨即，他一咬牙，一咧嘴，眼中凶光暴射，伸出手，硬生生將妖怪從顫動的狗窩之中拖了出來。毫無疑問，他們雙方恰是一對絕配。因為轉眼之前，妖怪那口小犬牙已經全然沒入雷科雷赫手背，而雷科雷赫也同樣動用他的大拇指和食指，冷冷掐住牠的頸子，把牠那條小命掐飛了大半條。

「哈！要得！」那法國佬柔聲說著，甩甩手，抖落那快速從被咬的手部湧出的鮮血，俯首凝視那氣喘咻咻、倒在雪地裡險些沒了氣的小狗，隨即扭頭衝著六十哩驛站的店老闆約翰．罕姆林問：「牠正合我意。多少，欸，你，先生，多少價？我買牠！立刻買下！」

而衝著牠對他那遠遠超乎「深惡痛絕」四字所能形容的態度，雷科雷赫遂將妖怪買了下來。接著下來的那整整五個年頭裡，這一人一狗東飄西蕩，四處冒險，從聖麥可及育康河三角洲，長征至沛力河上游發源地，甚至遠達和平河、亞大巴斯卡河流域、與大奴湖區，足跡遍歷全北地，並與其在人與狗間前所未有的格調一致、毫不打折之邪惡行逕而名聞遐邇。

妖怪的父親是匹大灰狼，而母親（依牠腦海中依稀記憶所及）卻是一頭厚胸寬肩、神氣傲人、口中狺狺咆哮不絕的哈士奇犬，有著一對惡毒眼神，如貓一般頑強、緊緊抓住生命不放的能力，以及爲非作歹、使陰耍詐的天才，唯獨忠心與信賴的特性，在牠身上卻全然沒有一點點的存在痕跡。在牠體內，在妖怪的祖先們肌肉、血液、骨子裡，蓄滿了無窮無盡陰狠歹毒、詭計多端的邪性與力量。

這時，布萊克．雷科雷赫出現了。他用粗暴的手段勒緊了那小小狗兒的生命脈動，逼迫牠，戳刺牠，擠壓牠，直到把牠塑造成一頭又暴躁又易怒、又陰險又狡猾的龐然大物。無窮的陰狠、惡毒、怨恨、殘暴，塞滿其胸臆，因爲圍堵不盡而溢流。倘若當初飼養牠的是位合適的主人，那條小狗或許會有可能長成一條正正常常、工作效率絕佳的雪橇狗，可惜牠自始至終都沒交上那個運。雷科雷赫所能帶給牠的，只是激發牠體內那股與他相近的惡劣根性，迫使它一日一日愈形強化、突顯。

雷科雷赫與那條狗聯合譜成的經歷是段戰爭史——一段歷時五年，殘暴無情的交戰，而他倆彼此初會的場面正是它的縮影。剛開始，那是雷科雷赫的錯。因爲在那四肢長長、動作笨拙的狗兒沒來沒由、沒有預設的計劃，只是發乎本能、盲目地憎恨的同時，他卻是運用心知肚明，運用他的聰明才智來表現憎恨。起初那只是純粹的毆打加上粗魯的暴行，還未達到殘暴的極致。而就在其中某次暴行中，妖怪被打傷了一隻耳朵，從此再也無法恢復對於撕裂肌肉的控制，耳朵也始終無力下垂，刺激牠時時刻刻將那施暴者的印象烙印在腦海，沒有一分一秒能淡忘。

牠的幼年是一連串愚蠢的反叛交織而成。每一次，牠總要遭到挫敗，而每一次也總不忘要加以反擊，因爲反擊正是牠與生俱來的大性。牠是永不受人征服的。在陣陣棍棒交加引發的淒厲尖叫間，他從不忘記隨時插入一兩聲挑釁的怒吼。而那發自心靈深處、強烈得猶如不共戴天的恫嚇，每次總毫不例外地要引來更加嚴厲的鞭撻與毆打。可是牠承襲了牠母親那股頑強地死抓住生命不放的遺傳，天大事情也要不走牠的命。牠在不幸之中日益茁壯、成長，在飢荒下長胖、豐腴，同時在掙扎求生的慘烈過程裡漸漸發展出不可思議的智慧。牠有著如母親般善於偷竊的本領和詭計多端的巧智，以及如父狼一般的暴烈與威猛。

或許是由於父親的緣故，妖怪從不悲泣哀號。幼年時期的狺狺低吠隨著細長四肢的結實而慢慢減少、消失，使牠變得份外冷酷而沈默，雖敏於攻擊，卻又總是拖到最後一瞬才發出警告。每當有人咒罵牠時，牠便回報以高聲咆哮；有人捧牠，牠便狠狠地迅速一咬；而在內心憤恨難平的時候，牠便齜牙咧嘴，把牙咬得軋軋響；但即使是在最最痛苦憤懣的情況下，雷科雷赫也從來不曾再自牠口中逼出一聲害怕、或是疼痛的哭號。然而，這股絕不臣服於人的氣焰卻只會更搧動雷科雷赫的怒火，刺激他做出更加殘暴的舉動。雷科雷赫老是只給牠半條魚吃，給牠同伴們的卻是完完整整的一條，於是牠便去搶別的狗的魚來吃。此外他還打劫人家貯藏食物的地方，用無數的欺詐、搗亂來炫耀自己的本領，直至所有的狗與狗主莫不對牠聞之色變。雷科雷赫老是痛揍妖怪而嬌寵巴貝蒂——巴貝蒂，一條工作效率不及牠一半的母狗——咳，妖怪立即將牠撞翻在雪地裡，張開大口，咬斷牠的後腿，迫使雷科雷赫不得不舉槍射殺牠。同樣的，在一場接著一場鮮血淋漓的戰役中，妖怪馴伏了所有隊友，爲牠們立下追蹤、掠奪的規範，並迫令牠們一切遵照牠所立的規矩而行動。

五年裡頭，牠只聽過一次親切的話語，接受過一次溫柔的撫摸，但當時牠並不曉得那代表著何種態度，反而像隻野性未馴的傢伙那般一躍而起，兩排牙齒並以迅雷不及掩耳的速度飛快咬合。對牠說出親切語言、給予溫柔撫摸的是位初到此地、住在日出河灣的傳教士。此後整整半年期間他都無法執筆寫信回國內家中，同時更勞動一名來自馬奎斯群島地方的外科大夫長途跋踄兩百哩路冰雪地，前來挽救他險些被血毒症奪走的性命。

每當妖怪逛進別人營區或駐紮地之時，那兒的人和狗總會帶著懷疑的眼光斜眼打量牠，對牠舉起腳來擺出一副要踢的架勢，或者豎起頜毛，銜著牠掀脣露牙。有一回，其中某人果眞踢了牠一腳，這時妖怪立即發動牠那如狼一般迅速的攻擊，兩排牙齒恰似鋼鉗緊緊夾住那人大腿，咔嚓一咬，登時教他皮開肉綻，露肉見骨。是以那人當場決心要取牠的命，只是布萊克·雷科雷赫卻猛然拔出刀子，阻擋在他倆之間。殺死妖怪——哈，要得要得！是他專爲自己保留的樂趣，遲早總有一天一定會實現，或者——呸！誰曉得？總之，問題終究會被解決的。

這一人一獸彼此已經變成對方的問題。或者該說，他們這對人狗搭配已經儼然成了一大問題，每一呼吸，都代表著對於對方的一次挑釁或恐嚇。他們之間的怨恨將彼此牢牢捆綁在一起，那束縛，遠比任何愛所能維繫的都要更牢固。雷科雷赫全神貫注，追求妖怪銳志喪盡，瑟縮在自己腳邊猖猖低吠的那天到來。至於妖怪——雷科雷赫知道妖怪的腦袋瓜子裡頭在打些啥主意，更不止一次從牠眼神中看出那副心思。正因他看得實在太過清楚了，因此每當那條狗腿隨在他背後，他都得要刻意提高警覺，頻頻回頭去瞄一眼牠的動靜。

當雷科雷赫拒絕以高價將這狗轉售給他人的消息傳出之時，人們莫不嘖嘖稱奇。

有一次，就在妖怪挨完雷科雷赫一頓猛踢，氣喘吁吁躺在雪地，沒人曉得牠的肋骨是否斷裂，更沒人有那膽子去細瞧一番之時，約翰．罕姆林不禁對他說道：「總有一天你會把牠害死，到時牠便一文不値嘍。」

「那，」雷科雷赫冷冷說道：「那是我的事，先生。」

而人們更驚奇的是妖怪竟然沒逃走。他們弄不明白。但是雷科雷赫本身卻非常清楚。他是一個長年過慣野外生活的男子，除去人類舌頭發出的語音，他已學會分辨風和暴風雨的聲音，夜的訊息，黎明的輕聲微語，以及白晝的碰撞與喧嘩。他依稀彷彿可以聽出植物在生長，樹汁在流動，鮮妙的花苞在瞬間綻放。他懂得遷徙中的動物、網羅裡的兔子、振動沈重雙翼拍打著空氣的烏鴉、月光下拖曳著懶洋洋腳步的白頭鷹，還有在介於微光與黑暗間如灰影般匆匆掠過的野狼微妙的語言。對他來說，妖怪的心跡流露得一清二楚、直接明白。他完完全全瞭解牠爲何不逃走。正因爲瞭解，行路之間，就更加頻頻回頭。

憤怒中的妖怪絕非等閒可以應付之輩。牠曾不只一次直撲雷科雷赫喉嚨，不過每次總是被他隨時握在手中的狗鞭抽得全身直挺挺地昏倒在雪地上。因此，妖怪也學會了要從容等待良好的時機。好不容易等他長足力氣，到達全盛的青年期，牠認爲：時機終於成熟了。牠是一頭胸膛厚實、肌肉強而有力、塊頭遠遠超出一般哈士奇犬的大狗，從頭頂下至雙肩之間的頸部豎起一圈威猛的領毛，無論從哪個角度看去，牠的外表都是一頭純種的野狼。就在妖怪斷定時機將要成熟的同時，雷科雷赫正裹著毛毯沈沈地熟睡。牠頭貼地面，單耳向後伏貼，躡手躡腳匍匐潛近他身邊，踩著像貓一樣輕盈的腳步，即使是雷科雷赫那無比靈敏的耳膜也無法做出回應的震動。妖怪連呼吸動作都壓得非常非常輕微，直到悄時以掩至日標旁邊，這才把頭抬起來。他遲疑一下，盯著對方那裸露在毛氈之外，凸起喉結，隨著深沈而又穩定的脈搏起伏不斷的喉嚨，登時吊著長舌，一長串口水順著森然白牙滴下。就在那一剎那間，牠猛記起自己耷拉的耳朵，以及無數次的傷害和毆打，立即無聲無息撲到那熟睡中人的身上。

白牙沒入喉頭，雷科雷赫在劇烈的疼痛中驚醒，一舉一動、思想行爲都如同野獸的他，在清醒的瞬間腦筋已經清清楚楚、完全領悟究竟出了什麼事，當下舉起雙手，合力扼住大狗咽喉，身子一滾，滾出毛氈，以便利用自己的體重攻佔上風。然而成千上萬妖怪的祖先都曾緊抓住過無數麋鹿、馴鹿的喉嚨不放，並將它們扯下，而這些祖先的智慧點點滴滴也已遺傳給了牠。就在雷科雷赫全身重量朝牠身上壓來之時，妖怪蹬起後腿，向內弓身，一雙利爪抓住對方胸口，扯向腹部，連皮帶肉將它撕得鮮血淋漓。這時牠感到壓在自己身上的肢體猛然一縮並抬高，立即咬住那人喉嚨，不住地甩動。牠的隊友全都聚擁在牠的四周圍成一個圓圈，淌著口水，聲聲地咆哮。呼吸漸弱、意識漸漸朦朧的妖怪心知牠們的大嘴都在貪婪地等著撲上前來，瓜分自己的血肉。但那並不重要——重要的是這人；這個壓在自己身上的男人。是以牠連撕帶扯，拚命甩頭，用盡全身最後一絲力氣緊咬住對方不放。可是雷科雷赫的雙手卻死命掐住妖怪喉嚨，直掐得牠胸口劇烈起伏，呼吸不到半口空氣而痛苦萬分。牠的視線模糊，嘴巴緩緩鬆開，紫脹的舌頭吐出在嘴唇外。

「哈？要得，你這惡魔！」雷科雷赫嘴角、喉嚨凝結著自己的鮮血，呵呵笑著將那頭頭眼昏花的狗從身邊推開。

這時，圍在妖怪四周的狗群齊齊向牠撲來，雷科雷赫張口大聲喝退牠們。於是，這些狗向後退成一個較大的圓圈，機警地坐在地上，各自豎起領圈的根根毫米翹首期盼。

妖怪迅速恢復清醒，一聽到雷科雷赫嗓音，立刻撐起踉踉蹌蹌的四肢，無力地來回晃盪著。

「呀——呀——呀——！你這頭大惡魔！」雷科雷赫口沫橫飛地數落。「我修理你。我要狠狠修理你。上帝爲證！」

北地的空氣如酒一般灌入妖怪空虛的肺臟，牠似一支飛箭，筆直射向雷科雷赫的臉龐，兩排牙齒咔嚓一咬，硬生生地撲了一個空。他們在雪地上面滾了一圈又一圈，雷科雷赫瘋狂地對牠飽以老拳。隨即兩者身體分開，面對面，在對方的眼前來回兜著圈子，尋找再度發動攻擊的良機。

雷科雷赫大可拔出他的刀子，他的獵槍也在垂手可得的腳跟旁。可是潛藏在他體內的獸性此刻正湧現並高漲。他寧可使用自己的雙手——以及自己的牙齒——來做「這件事」。那狗飛身撲來，但雷科雷赫一拳便將牠打倒在地，並跳到牠身上，壓著牠，一口牙齒沒入牠的肩膀，碰到牠的肩胛骨。

這是一段原始的劇情，一幕原始的畫面，或許早在蠻荒的地球年少時期也曾經出現過。在一座陰森森的樹林裡，有一片空曠的空地，數匹咬牙切齒的狼犬圍成一個圈，圈子中央是兩頭陷入激烈交戰中的野獸。牠們彼此撲攫、互相咆哮，瘋狂大發脾氣，嗚咽，咒罵，氣喘如牛，賣力扭打，在騰騰殺氣之中衝動得失去控制，貪功得迷失了判斷力，只顧用最基本的野蠻招數拚命撕、扯，抓！

然而，雷科雷赫卻一拳擊中牠的耳後，打得他凌空翻了個筋斗，一時間頭昏眼花、什麼都迷迷糊糊了。緊接著他跳到牠的背上，雙腳不住跳躍，恨不得把牠踩成一片泥。等他終於停下來喘一口氣時，妖怪的兩隻後腿都已被他踩得骨折了。

「呀——呀——呀！呀——呀——呀！」雷科雷赫亢奮得話都說不清楚，一面十觸舞拳頭劃過妖怪那極端重要的咽喉前示威，一面吶喊。

但妖怪不屈不撓，躺在地上，全身慘不忍睹、而又無助地扭動著，上唇掀起，極力想要發出無力發出的狂吠。雷科雷赫動腳踢牠。於是，牠那疲乏的雙顎立即夾住那腳踝，可惜再也沒有餘力咬破他的皮膚了。

這時，雷科雷赫拿起長鞭繼續將牠打得幾乎體無完膚，每抽一記便大叫一聲：「我這是在馴服你！嗯？上帝爲證，我馴服你！」

到最後，力盡手乏，又因失血過多而昏昏眩眩的他突然一個踉蹌，倒在他那受害者身旁。而當四周狼狗全都圍攏過來想要展開復仇的時候，他又帶著最後一絲清醒意識，拖著身子覆蓋在妖怪身上，保護牠不受牠們獠牙攻擊。

這件事情發生在距離日出灣的不遠處。幾個小時以後，傳教士打開大門迎見雷科雷赫，察覺妖怪竟然不在狗隊行列裡，不由得大感詫異。而當他看見雷科雷赫推開雪橇車篷，抱起妖怪，東倒西歪跨進門檻時，更是當場驚訝得愣在那裡。湊巧的是，這時馬奎斯群島那位大夫正好來找傳教士聊天，於是兩人便合力動手爲雷科雷赫處理、包紮他的傷口。

「多謝你！不，」傷者說：「請先治療狗。會死掉？不。那可不行。因爲牠還必須接受我馴服。所以，牠絕對不能死。」

大夫口稱雷科雷赫能活下來是一大驚奇，傳教士則直呼那是奇蹟；可見他的身體是如此虛弱，以至在春季裡又發起高燒，再度臥床養病。妖怪的傷勢比他更慘重，可是牠緊抓住生命不放的鬥志卻戰勝惡劣的處境，兩條後腿骨頭重新接合，五臟六腑也在被全身五花大綁、靜靜躺在地上那幾星期內復原。等到雷科雷赫終於漸漸進入康復期，黃著臉、病容憔悴地走到小屋外頭曬太陽時，妖怪早已不只是號令自己隊友，同時收服傳教士的狗群乖乖俯首稱臣，再一次聲言自己至高無上的地位。

在雷科雷赫借助傳教士攙扶，病後首次蹣跚走出室外，無限謹慎地緩緩落座到三條腿的板凳上之際，牠動也沒動一下身上任何一塊肌肉，沒有抽動任何一根毛髮。

「棒！」他讚道：「棒！好極了的太陽！」他伸長了虛弱的雙手，讓它們浸潤一下空氣中溫暖的氣息。

然後，他的視線落在那狗的身上，眼中重新燃起昔日的光芒。「神父，那是一頭大惡魔；那頭妖怪。拜託拿把槍給我，好讓我可以安安心心曬太陽。」

緊接下來那好幾天裡，他都像那樣坐在門口沐浴太陽光，連個瞌睡也沒打，槍枝分分秒秒擱在他的雙腿上。那條狗已經養成了習慣，每天第一件事情便是往固定位置張望該武器是否還在。

每當瞥見它，牠便照例微微一掀唇，暗示牠明白，而雷科雷赫也會同樣掀起嘴唇，咧咧嘴，以示答覆。有一天，傳教士也注意到他們之間這種把戲了。

「天哪！」他驚呼：「我眞的相信這畜牲理解。」

雷科雷赫輕聲笑笑：「你來瞧瞧，神父！我現在說些什麼，牠就聽得懂些什麼。」

彷彿在證實他的話似的，妖怪應聲豎起牠那唯一能動的耳朵來捕捉他的聲音。

「我說『殺──』」

妖怪聞言喉頭骨碌作聲，毛髮沿著頸子根根豎立起來，每條肌肉都蓄勢待發地緊緊繃住。

「我舉起手槍，喏，像這樣──」他配合著嘴裡的語言，將槍口對準了這條狗。

妖怪急急忙往旁大步竄開，落足在小屋牆角看不見的地方。

「天哪！」傳教士頻呼：「天哪！」一點也沒發覺自己翻來覆去只是重複這兩個字。

雷科雷赫驕傲地咧咧嘴。

「可是牠爲何不逃走呢？」

那法國人雙肩做出法國人慣有的微微一聳動作；而它代表著從完全一無所知，到即使是最枝微末節也全都了然於心間的每一種可能。

「那麼你又為何不乾脆殺了牠？」

對方再度聳肩。

「神父，」他略一沈吟，回答道：「馴服工作還未完成哩。牠是一頭大惡魔。我隨時隨地都在趁機馴服牠。如此如此，這般那般，一步一步來。呃？隨時。要得！」

終於有一天，雷科雷赫集合自己的狗群，浮舟直下四十哩驛，然後繼續轉往柏丘賓，從事一項由P、C公司委託的探勘工作，前後共計為期一年餘。之後他又撐篙溯河來到荒蕪不毛的北極城，再循育康河流，一個營地接一個營地順流漂返出發地。就在這漫長的十多個月時光，妖怪受足了各式各樣的教訓。牠領教許許多多折磨——餓的折磨，渴的折磨，火的折磨，以及——最最可怕的是：音樂的折磨。

就像其他同類一樣，牠對音樂完全無福消受。它一根根繃緊牠的每一條神經，一絲絲撕裂牠身上的每一縷纖維，帶給牠極度的苦悶，令牠發出如狼一般的長嗥，恰似每遇天寒地凍的黑夜，北地狼隻必仰頭對著天邊的寒星呼號。牠忍不住要嗥叫。那是牠在與雷科雷赫對抗時候的一大弱點，也是牠的奇恥大辱。相對的，雷科雷赫卻非常熱愛音樂，而且其熱衷程度不下於貪杯嗜酒。每當他的靈魂大聲要求表達時，它便屢屢藉由某一兩種方式吐露熱情。而當他喝得半醉不醉，恰恰到達如醉如狂狀態時，他的腦海裡便揚起未唱出口的歌聲，撩起潛伏於體內的魔性，暴烈張狂，透過公然挑激妖怪，將貯存在心靈深處熱烈的情緒做最痛快淋漓的傾吐。

「喂，咱們來點音樂吧，」他會這麼告訴牠。「啊？你說你的意下如何啊？」

那樂器不過是把經過細心呵護、耐心修理、被像寶貝一般珍惜著的破破舊舊老口琴，卻已經是用那個價格所能買到最好的一把了。藉由它那銀質的簧片，雷科雷赫吹出一段又一定飄忽不定、人們聞所未聞的怪曲調。這時妖怪便會喉頭發緊、怎麼也繃不出半點聲音，咬緊了牙，一吋一吋退到小木屋最遠的角落。而他卻一面吹著口琴，一面老練地在腋窩下夾根棍棒，亦步亦趨，緊迫著牠退卻的步伐步步進逼，直至把牠逼到再也無路可退的死角。

一剛開始，妖怪總會伏頭低尾，緊貼在地，儘量把身體縮成最小最小的一團；但隨著樂聲吋吋遍至耳根邊，牠終於不得不被迫昂起頭來，臀部塞進木縫，兩隻前腿彷彿想要擊退波波聲浪般不斷地拍打著空氣，雖然依舊緊緊咬牙根，全身卻遭劇烈的肌肉收縮侵擾，一陣接著一陣急速抽搐、痙攣，直到抖得遍體觳觫，受盡無言的虐待，一張長嘴激動得歪曲扭斜、張得老開，喉頭震顫，低低發出人們耳力所無法捕捉的聲納。隨即，牠口淌涎水，懸足仰立，鼻開口張，放大瞳孔，在徬徨不知所措的怒氣中渾身毫毛聳然立起，發出長長的狼嗥。那嗥聲伴著一陣輕快的樂聲急劇上揚，澎湃成一股令人心碎的嘹亮哭號衝喉而出，再在曲折婉轉的悲啼聲中哀哀消逝——而後，第二陣急劇上揚的嗥聲竄起，拔高八度，再拔高八度音階，轉轉折折爆發出牠的心聲；於是那份無限的憂傷、無盡的淒涼慢慢、慢慢地低微、模糊、沈落了，慢慢，慢慢地消逝——這樣的痛苦，宛如在煉獄之中受盡烈火的煎熬。

而那精通一切狠毒技倆的雷科雷赫，便運用起他一大段一大段如泣如訴的音樂、一節節震震顫顫的抖音、一曲曲嗚咽哀啼的小調，一縷縷、一條條，彷彿要探測出每一根神經和心弦，教它們各自沈溺在自己最後的一絲憂傷裡。這太可怕了；經過二十四個小時之後，那條狗已經被折騰得神經衰弱、緊張兮兮，就連聽到一點普通聲音都會心驚肉跳，看到自己的影子也會驚慌得跌跌撞撞了。

但在此同時，牠對待自己的隊友們依舊盛氣凌人、一派凶狠專橫的架勢，而且絲毫不露半點頹喪、挫折的跡象。相反地，牠變得更加沈靜、更剛強，用牠不可思議耐心陪他慢慢乾耗，等待良好時機，直到他開始困惑、茫然，心頭壓上沈重的負擔。牠會一動不動躺在火光中，用牠那冷酷無情的厲狠狠盯著他，目不轉睛，一盯就是好幾個小時。

雷科雷赫經常覺得自己在頑強地對抗著生命的本質——那將天際飛鷹像帶著羽毛的雷霆一般

掃落穹蒼，那驅使大雁飛翔萬里，一個氣候帶遷徙過一個氣候帶，那猛烈推動產卵鮭魚衝過滔滔二千哩育康河潮的不可征服之本質。每逢此時，他便覺得有股衝動在逼迫著他表露自己無可征服的本質；於是，他便在妖怪，烈酒、激昂音樂的包圍中狂歡縱樂，喝得醉茫茫，在爛醉如泥中用他微薄的力量去對抗事事物物，挑戰所有眼前、過往或是即將形成的一切。

「這裡頭大有文章，」每當他心靈中那帶著節奏的奇思幻想觸動狗兒隱晦不為人知的心緒，引發淒涼悲愴的長嗥，他必定會言之鑿鑿。「我用我的雙手親自把它揪出來；如此，如此。哈！哈！眞有意思！眞眞有意思！人類指天罵地，鳥兒吱吱啾啾，妖怪噭傲哭號——全都是一模一樣的東西。」

神父高提亞——一位德高望重的傳教士——曾經列舉好幾個墮落地獄的實例來規誡譴責他，但從那次以後他就不再責備他第二回了。

「或許是吧，神父。」雷科雷赫如此回答。「而你認為我會像掉進火堆裡的毒胡蘿蔔一樣，掉進地獄，燒得嗶剝跳嗎，嗯？神父。」

但所有壞事都如好事一般總有終結的時候，而發生在布萊克．雷科雷赫身上的情形亦然。

夏季裡，河川水位下降的時節，雷科雷赫撐船離開馬克道城前往日出灣，出發時候明明是與提摩西・布朗兩人結伴，然而到達目的地的卻只有他一人。更有甚者，根據瞭解，他們二人在臨出發前才剛起過爭執；因爲就在二十四小時後，一艘呼哧呼哧、利用船尾外輪做爲推進器的十噸級輪船麗莎號超越雷科雷赫，領先三人通過口出灣。而當他抵達此間那一刻，肩膀肌肉留有被子彈一槍射穿的傷口，同時也帶來埋伏攻擊、以及謀害伙伴的流言。

一場陪審員選擇工作於焉在日出灣展開並完成，許許多多地方上的情況也產生了莫大變化。隨著成千上百名淘金客、大量威士忌酒，五、六組設局做莊的賭客湧入此地，傳教士認清了自己多年來對印地安人辛勤佈道所費的苦心全都付之於東流。就在那些北美印地安婦女變得整天忙著替沒有妻子的礦工煮豆子、幫他們添柴生火，而男人忙著用他們溫暖的毛皮交換穿腸毒藥（酒）和失靈的鐘錶同時，他病倒了，在連喊數聲：「上帝佑我！」後，躺在一口簡陋的棺材裡撒手人寰。從此後，那些賭徒更索性把他們的輪盤和賭博牌桌搬進佈道堂，而叮叮噹噹、杯觥交錯的玻璃撞擊聲，也日以繼夜夜復繼日地不住敲響。

話說提摩西・布朗在這些北地冒險家之間本是一名極受歡迎的人物，唯一一個缺失便是性情急躁，動輒高舉拳頭，隨時準備揍人。不過在與他那善良心胸、和寬宏大量的襟懷兩相比較下，這一點毛病不但足以獲得彌補，更顯得微不足道了。相反地，布萊克・雷科雷赫的缺點卻是沒有任何事物可彌補的。在人們記憶中，他曾千眞萬確地犯過、足以說明他是個「惡人」的惡言惡行絕不止於一兩樁，而大家對他的厭惡之深正猶如對布朗的鍾愛之切。於是，日出灣的當地人士便在替他裹好肩部傷口、纏上繃帶後，將他拖到林區法官的面前。

這是一樁單純的事件。他在馬克道城和提摩西・布朗起過口角。他和提摩西・布朗一起離開馬克道。他抵達日出灣，但卻不見提摩西・布朗同行。參考他平日的惡行惡狀，經過細心斟酌，衆人一致同意結論是：他殺害了提摩西・布朗。相對的，雷科雷赫承認他們陳述的事實，但卻反對他們做出的結論，並提出自己的辯解。就在距離日出灣二十哩外的河面上，他和提摩西・布朗兩人正沿著崎嶇多岩的岸邊撐船前行，突然岸上響起兩聲來福槍響。提摩西・布朗應聲彈落小舟，跌入水中，鮮血如同泡泡一般不斷冒出水面，染紅了河域，而提摩西・布朗此人從此便完全消失了蹤跡。至於他，雷科雷赫，也帶著一陣火辣辣的刺痛。隔不多久，岸上探出兩顆印地安人頭，兩名印地安人扛著一艘用樺樹皮包被的獨木舟走到水邊，搭上獨木舟自北撐篙船而來，雷科雷赫才開槍射擊。他命中其中一人。那人如同提摩西・布朗般歪向獨木舟的一側，而另外一人則跌入船底，然後獨木舟和撐篙船便在相互攻擊情況下一路飄飄盪盪，順勢漂向下游。只是途中一道激流硬生生分開這兩艘船隻，獨木舟因此滑過某座小島的一側，撐篙船卻自另一側漂過。此後他就再沒見到那葉獨木舟，並且繼續前進，進入日出港。不錯，從那印地安人在獨木舟上跳動的樣子看來，他深信自己必定已經射中他了——一切經過情形就是如此。

陪審員們以及法官顯然認爲這番說明並不足以令人滿意。他們給了他十小時的寬限時間來等待麗莎號進港接受調查。十個鐘頭之後它噗嗤噗嗤地駛返日出灣，但卻未能提供任何研究、調查的資料，也找不到半點能夠支持雷科雷赫供詞的證據。他們要他立下遺囑，因爲他有權獲得一筆由日出灣地方政府發給的五萬元撫恤金，而他們不僅僅是制訂法律，同時也是一個守法的部族。

雷科雷赫聳聳肩，漫不以爲意地說道：「只有一件事，一點小小的——你們所謂的——恩惠。也就是說，幫一點兒小忙。我把我那五萬塊錢捐給教會。然後，我把我那頭哈士奇狗——妖怪——送給撒旦。幫這小忙吧？先吊死他，再來吊死我。很不錯吧，呃？」

確實不錯。大家一致同意那隻鬼物應該當牠主人先鋒，率先跨越死亡線，於是整座法庭移往河岸，岸邊巍巍聳立一株高大的針樅。死水（Slack Water）查埋在一條繩索尾端打個行使絞刑的活結。繩圈滑過雷科雷赫頭頂，在他頸部收緊。他的兩手被反綁於背後，經人扶持踏到一口厚紙箱上，隨後繩索活動的一端即被拋過一根懸垂的枝條並拉動，繃得緊緊的。如今只剩踢開箱子，他便會懸身半空，雙足亂蹬而死。

「現在該那條狗啦，」曾任採礦工程師的韋伯斯特・蕭在一旁說道：「死水，你必須把牠給套住。」

雷科雷赫露齒冷笑。死水嚼口菸草，打個活動繩圈，拿在手中悠悠哉哉地繼續盤繞幾圈，其間偶而中斷一兩次動作，揮手趕開攻勢特別兇猛的蚊子。在場除了頭頂上方已經聚集一小片清晰可見蚊子雲的雷科雷赫以外，人人都在揮手趕蚊子，就連伸爪伸腿躺在地上的妖怪，也不時運用牠的兩個前爪將逼近牠眼角、嘴邊那些令人討厭的害蟲拂開。

可就在雷科雷赫等待妖怪抬起頭來的同時，寧靜的周遭忽然傳來一聲微弱的喊叫，人們看見一名男子正揮舞雙臂，自日出灣那頭穿越沼地奔跑而來。那人便是店老闆。

「暫緩行刑，伙計，」他氣喘吁吁地衝進人群中：「小山狄和柏納多剛剛回來啦；」漸漸回過氣來，一面解釋：「在下游靠的岸，然後抄捷徑上來。和他們在一起的還有大鬍子。在他的獨木舟上發現他們，身上有兩三個彈孔，而獨木舟停在一處罕有人至的河床。多出來那傢伙是個曾經欺壓過他的女人，而又棄之如敝履的混蛋。」

「哦？我是怎麼說的？呃？」雷科雷赫欣喜若狂地聲高喊：「準是那傢伙！我知道。我說的全是實話。」

「現在咱們要做的是教訓教訓那些印地安人！」韋伯斯特．蕭宣告：「他們越來越蠢，越來越無禮莽撞，咱們必須挫挫他們銳氣，好好羞辱他們一番。先把所有的人全集合起來，然後絞死大鬍子，把它當做是個實例教訓。這就是眼前的節日計劃單！來吧，咱們看看他要如何替自己辯解。」

「喂，先生！」眼看著圍觀人群開始朝著口出灣方向移動，漸漸溶入昏暗天色中，雷科雷赫忍不住扯著嗓門高喊：「我萬分樂意去參觀參觀這場好戲。」

「喔，等我們回來時自會替你鬆綁。」韋伯斯特．蕭扭過頭來大叫：「趁這段時間，你先仔細反省一下自己的過錯，想想上帝的意旨。那對你會大有益處的。所以，放斯文點兒吧。」

是以，雷科雷赫便如那些風裡來，浪裡去，早已習慣面對不可預測變數，神經強韌，被環境磨得很有耐心的人士一樣，安下心來慢慢地苦等——也就是說，平「心」靜氣接受此一狀況。

然而，他在身體方面卻是不得安頓。因爲那綳得緊緊的繩索已經逼得他非站得畢挺筆直不可，帶給他那受傷的肩膀莫大的疼痛。可是只要他稍微放鬆腿部肌肉一下，質地粗糙的繩圈又會緊緊勒進他的脖子肉裡。他嘟著下唇，順著臉孔往上吹氣，企圖吹開飛近眼前的蚊子。不過能從死神的大口之中被搶回一命，就算受點小小的肉體折磨也都微不足道了，甚至可以說是非常豐厚的補償。唯一可惜的是，很不幸，他勢必得錯過看大鬍子被絞死的好戲。

就在他如此這般沈思默想間，兩道視線不期而然落在四肢挺直、身軀伸展，一顆腦袋趴在兩隻前腳之間，躺在地上睡得酣熟的妖怪身上。雷科雷赫當下停止冥思，細細打量那頭畜牲，努力想要判斷牠究竟真睡抑或假睡。那狗兒的腰腹之間規律地起伏著，可是雷科雷赫覺得牠呼吸的頻率似乎略顯急促一些些；此外他還感覺到那每一根誤導人認爲牠已睡得迷迷糊糊、失去了所有防衛的毛髮，其實都暗藏著一份警醒或一絲戒備。他情願捐出他的日出灣補償金，只求確認那條狗有沒有醒著。這時，他的關節「卡答」了一聲，雷科雷赫急急忙忙帶著一臉心虛，探看妖怪有沒有被驚醒。

那個時候牠雖沒有被驚醒過來，可是等過了幾分鐘後牠便懶洋洋地緩緩站起身，伸伸懶腰，小心謹慎地東張西望。「噢，天殺的！」雷科雷赫暗自咒罵。

妖怪在確定四下見不到半個人影，聽不到一點人聲之後坐了下來，咧著上唇，幾乎翹成一抹微笑形狀，仰頭注視雷科雷赫，嗆呼嗆呼地直舔自己面頰。

「我曉得我要完蛋啦！」雷科雷赫放聲發出譏諷的大笑。

妖怪舉步向前，一隻失去功用的耳朵來回不定地搖盪，功能健全的那隻則帶著如惡魔般的領悟向前直豎，神情揶揄地偏著腦袋，踩著威脅、戲弄的步伐走上前來。牠用自己的身軀貼著箱子輕輕摩擦，直到整個箱子一再不住地搖晃。雷科雷赫小心翼翼地擺動自己的雙腳，以便維持身體的平衡。

「妖怪，」他語音平靜地輕喝，「小心，我殺了你。」

妖怪聞言狺狺作吠，開始用更大的力氣去搖晃那箱子，緊接著又懸身仰立，運用兩隻前爪去將自己全身的重量對那箱子做更凌厲的撞擊。雷科雷赫雖然用單腳去嘗試踢牠，可是繩子卻咬進他的脖子肉裡，並猝然扼住他擺動的方向，使得他差一點失去平衡。

「喂！你！去！走開！」他尖聲高叫。

雷科雷赫看見妖怪向後撤退約有二十來呎距離，那舉止動作間所透露出的浮躁與凶殘是他絕不可能誤判的。他記得那狗經常會利用先　起前肢，再將全身重量猛撲向浮在水洞上的冰片之技倆來打破浮冰；而想到這些，他對那條狗此刻心中所打的主意便了然於心了。妖怪扭頭東張西顧，略一躊躇，咧著嘴露出一口森森的白牙，雷科雷赫望見之後同樣報以相同的動作；旋即，牠猛一衝鋒，身子凌空飛出，直撲向箱子……

十五分鐘後，死水查理與韋伯斯特・蕭自河畔折返，回程途中隱約瞥見一根鐘擺似的東西幽幽忽忽地吊在朦朧光線中來回晃盪。他倆快步疾趨，趕上前去，漸漸分辨出那名男子沈滯不動的屍體。一頭生物緊咬住那屍身反覆搖動、推碰，迫使它在半空之中晃盪個不停。

「喂！你！去！你這地獄來的鬼！」韋伯斯特・蕭大吼。

一陣奇冷鑽透死水查理掌心，令他的手爲之顫抖。他笨手笨腳掏出手槍，遞給夥伴，對他說：「喂，你來辦！」

韋伯斯特・蕭冷笑一聲，瞄準兩顆閃爍眼珠之間的發射目標扣下扳機。妖怪全身急遽跳起、扭動、痙攣，轉眼砰然墜地，軟趴趴地癱在地上，可是兩排牙齒卻依舊咬得死死地，怎麼也不肯鬆口……

〈全書終〉

國家圖書館出版品預行編目資料

野性的呼喚／傑克・倫敦／著　楊玉娘／譯
-- 二版 -- 新北市：新潮社，2020.10
面；　公分
譯自：The call of the wild
ISBN　978-986-316-771-6（平裝）

874.57　　109011720

野性的呼喚

傑克・倫敦／著

楊玉娘／譯

【策　劃】林郁

【企　劃】天蠍座文創

【出　版】新潮社文化事業有限公司

電話：(02) 8666-5711

傳真：(02) 8666-5833

E-mail：service@xcsbook.com.tw

【總經銷】創智文化有限公司

新北市土城區忠承路 89 號 6F（永寧科技園區）

電話：(02) 2268-3489

傳真：(02) 2269-6560

印前作業　菩薩蠻、東豪印刷事業有限公司

二　版　　2020 年 10 月